飢えている。
神々に挑む少年の究極頭脳戦
of a boy and the gods
We Play

PROFILE
ミランダ
フェイたちが所属する神秘法院ルイン支部の事務局長。面倒見が良いレディ。
PROFILE
レオレーシェ
愛称はレーシェ。氷の中にうっかり3000年眠っていたゲーム好きな元神さま。

PROFILE
フェイ
「神々の遊び」通算成績は未だ無敗。「近年最高のルーキー」と期待される使徒。
PROFILE
パール
大ポカをやらかして「神々の遊び」引退を決意している転移能力者。

自己紹介神経衰弱
「神（わたし）を畏れぬその態度
とってもいいわ。なら……」

神の少女がパチンと指を鳴らした。
「浮かべ。そして回転開始」

God's Game We Play

1

The Ultimate game-battles of a boy and the gods

Gods Call 神は遊戯に飢えている p011

Player.1 かつて神さまだった少女 p018

Player.2 VS巨神タイタン —神ごっこ— p077

Player.3 ゲームをやめたい脱落者 p150

Player.4 VS無限神ウロボロス —禁断ワード— p204

Player.5 Here Come new Challengers! p302

Tutorial チュートリアルはここまでだ p309

神は遊戯に飢えている。1
神々に挑む少年の究極頭脳戦

細音 啓

MF文庫J

口絵・本文イラスト●智瀬といろ

Chapter

Gods Call　神は遊戯に飢えている

God's Game We Play

隠れんぼ、という遊戯（ゲーム）をご存じだろうか。

好きな場所に隠れる「子」と、それを見つける「鬼」の二役で遊ぶ、実に単純明快で、誰でも一度は経験のある遊びである。

そう、そして。

この世界には、こうした遊戯（ゲーム）でヒトと勝負したい神々が無数にいるのだ。

一つ例を紹介しよう――

はるか太古。隠れんぼの最中に海の底に隠れたきり、うっかり三千年ほど寝過ごした最高に愉快でドジな竜神を。

その神さまが目覚めた時から、きっと、この物語は始まった。

北の大寒波地域レイアス＝ベルト。

一度として溶けたことのない氷の秘境。ぶあつい氷壁が山のようにそびえ立ち、訪れる冒険者の行く手を阻む。

その一角で――

吹きすさぶ吹雪にまじって。

氷壁を切りだす作業にあたっていた探検チームから、驚愕の声があがった。


「出てきたぞ！　化石じゃない」

「そんな……ここは氷河期の氷の中だってのに⁉」

氷壁から切りだされた巨大な氷塊。

そこから見つかったのは、恐竜やマンモスの化石――ではなかった。

「ヒトだ、それも少女⁉」

「神秘法院に連絡急げ。ああ本部にだ！……どういうことだ。氷河期の地層からなぜ人間が出てくる⁉」

氷壁から見つかったのは、人間。

それも明らかにまだ十代なかばの少女だった。

「……古代魔法文明の時代の人間でしょうか」

「冗談じゃない！　人間が、どうやってこのマイナス四十六度の氷中で原形を保っていられる。三千年あればマンモスだって化石化するぞ！」

「………隊長……この子、生きてませんか？」

横たわる少女は、美しかった。

鮮やかな炎燈色(ヴァーミリオン)の長髪は、燃える炎のごとく煌(きら)めいて。

現代人と変わらぬ顔つきと愛らしい目鼻立ち。わずかに朱にそまった頬(ほお)は、生きているように血色がいい。

そして一糸まとわぬ裸身。

華奢(きゃしゃ)でありながら、少女らしい丸みを帯びた身体(からだ)の起伏も覗(うかが)える。

もともと服は着ていたが、三千年という時間経過と極寒にさらされて服の繊維がボロボロにほつれていったのだろう。

「……確かに……」

裸身の少女へ、探索員の一人が予備の防寒コートを上からかけてやる。

「……生きているように私も思えます」

「馬鹿な!? くり返すがここは氷河期からの大寒波地域だぞ。防護服がなければ三十秒で凍死するに決まっ――――っっっ!?」

「う、うわっ!?」

隊長が大きくのけぞり、まわりの部下たちが一斉に声を上げた。

「………………」

炎燈色(ヴァーミリオン)の髪の少女が目を開けるなり、勢いよく上半身を起き上がらせたのだ。調査チームの五人を見回して。

『……あー。しまったわ。千年？　二千年？　うっかり寝過ごしちゃったかも』

念話。

神々の言葉による思念転送が、少女から調査チームに向けて発せられた。

『何千年たってるか知らないけど、どうせ言語体系も文法から入れ替わってるだろうし、コッチならわたしの言葉も通じるよね？』

「まさか!?」

「隊長……これ目の前の少女が——」

『そそ。今わたしが話しかけてるの。あ、そっちは普通に喋っていいよ。それも思念転送で解読できるし。へえ。これがこの時代の「服」なのね』

少女が立ち上がった。

いかにも好奇心旺盛そうに防寒コートの袖を通しながら、マイナス四十度という極寒の風の中、のんびりとアクビまでしてみせる。

『ふぁ……やっぱり、鬼ごっこで海底に隠れるのは失敗だったわねぇ。斬新な発想かと思ったけど、まさか寝てる間に氷河期が訪れるなんて思わなかったし』

「……君は……何者かね」

防寒コートを着た隊長が、おそるおそる前に出た。

「私は、神秘法院ルイン支部所属、秘境探索チームの隊長ミシュトランだ。君を、氷の中から救出した。君の身上を確認したい」

『わたし？　わたし「元」神さま』

神を名乗る少女。

炎燈色（ヴァーミリオン）の髪が、それに応じたようにふわりとなびく。

『ま、でもそんなのどうでもいいからさ。わたしと遊ぼうよ』

「……なに？」

『神々の遊び、この時代にもちゃんとあるんでしょ？』

クスッと。

楽しげに笑む少女が、「待ちきれない」と言わんばかりに両手を広げてみせる。

『とりあえず、さ——』

そして。

この世界すべてに向けて、神を名乗る少女は宣言した。

『この時代で一番「遊戯（ゲーム）」の上手（うま）い人間を連れてきて』

God's Game We Play

The Ultimate game-battles of a boy and the gods

1

神は遊戯（ゲーム）に飢えている。

神々に挑む少年の究極頭脳戦

Chapter

Player.1 かつて神さまだった少女

God's Game We Play

1

世界大陸に点在する離れ都市(アイルシティ)、その最大級の都市の一つで――

秘蹟(ひせき)都市ルイン。

『住民データ照合』

『住民番号、第68期８０９９９区分シ‐63』

『フェイ・テオ・フィルス、お帰りなさい』

ぶ厚い鋼鉄の市壁に囲まれた都市。

その入り口にあたる機械門で。

「あー……半年間も人捜しだなんて、俺、何やってんだろ……」

住民カードを懐にしまいこんだ黒髪の少年フェイがしたことは、空を仰(あお)いでの大きな溜息(ためいき)だった。

「結局あの人は見つからずか……」

気を取り直そう。

よし、と首を振って歩きだす。

都市の道は美しく整備され、そこを走る電気自動車はどれも目新しい。顔を上げれば、そこには鈍色(にびいろ)に輝く高層ビル群。

半年前と変わらない。

秘蹟都市ルインの街並みの、なんと活気にあふれていることだろう。

その最たる景観——

フェイが足を止めたのは、ビルの壁面にある巨大スクリーンだった。

電光表示されているのは「対戦中(プレイング)」という文字。そこに映しだされた生放送(ストリーム)の映像を、何百人という観客が夢中で見つめている。

「……『神々の遊び』？　しかも三つ同時か」

三つの巨大スクリーン。

そこに映っているのは三体の神々。そして神々に挑む数十人の使徒たちだ。

——人と神々の頭脳戦(ゲーム)。

その戦いを、何百人という観客が固唾を呑(の)んで見守っている。

そして決着。

偶然に過ぎないが、フェイが足を止めて数分とかからずに、三つのスクリーン上でほぼ同時に勝敗が決した。

――『敗北』VS　精霊サラマンダー　攻略時間82時間　使徒16名全員の脱落
――『敗北』VS　魔神ナハト　攻略時間7時間　使徒40名全員の脱落
――『敗北』VS　無限神ウロボロス　攻略時間15秒　使徒69名総意の降参

観客が一斉に「あーあ」と落胆。

あまりの溜息(ためいき)の大きさに、木々に留まっていた鳥たちが驚いて逃げだしたほどだ。

「サラマンダー戦は惜しかったんだけど……」

「ナハト戦だって、あと一時間逃げ続けてれば勝ちだったのに……」

「ウロボロスを引いたチームは……運が悪かったな……」

無念そうに呟(つぶや)いて、そして散り散りにわかれていく。

人類最高の興行(エンターテインメント)であり挑戦である『神々の遊び』。その攻略時に極めてよくある光景だ。

「……行くか。挑む側だもんな。俺も」

自分にそう言い聞かせて、フェイも背を向ける。

と思った矢先に。

「おい、あいつフェイじゃ……」

「あのフェイか!? ここんとこ見なかったけど、帰ってきたのか!」

フェイに気づいた観客の何人かが声を上げ、そして一斉に駆(か)け寄ってきた。

近年最高の新人(ルーキー)を一目見ようと。

「え? い、いや……あの……ちょっと?」

これが遊戯(ゲーム)なら、何万人の観客に見られようと動じない。しかし今の自分(フェイ)の心境は、久しぶりに都市(ここ)に帰ってきたばかりの一般人だ。

「ああもう、俺、そんな注目される程の者じゃないですから!」

大衆を振りきって走りだす。

目指す先は神秘法院。

神々に挑む本拠地へ、フェイは、半年ぶりに帰還した。

2

この世界には――

人間が認識できない霊的上位存在、いわゆる「神々」が多く存在する。

精霊、悪魔、天使、龍(りゅう)。

太古から様々な名で呼ばれてきたものたち。だが目に見えないはずの霊的存在を、どうして人間は崇拝できたのか?

答えはいたって簡潔。

暇を持て余した神々の方から、人間に接触してきたからだ。

神が力を授ける現象『神呪（アライズ）』。神のみぞ知る基準で選別された者が神呪（アライズ）を授かり、超人型・魔法士型どちらかに分類される力を得る。

その力が、神々にゲームを挑むための参加資格なのだ。

神秘法院ルイン支部。

フェイの目の前にある建物は地上二十階、地下三階という巨大ビルだ。支部ではあるが、神々に挑む世界組織が運営する拠点である。

そのビルの入り口で――

「やあ。お帰りフェイ」

片手をポケットにつっこみ、もう片手を陽気に振ってきたのは眼鏡（めがね）をかけたスーツ姿の女事務員だった。

事務長ミランダ。

キャリアウーマンの雰囲気をした切れ長の目に、知的な面立ちが印象的である。

「半年ちょっとぶり。だいぶ遠方に行ってたし、フェイ君ってばちょっぴり痩せた？」

「ええまあ……って、どーいうことですか事務長っ！」

事務長にフェイは詰め寄った。

「俺、今度こそ見つかるって期待してたのに！」

「あははっ。そういえば君が探してた女の子、結局別人だったんだって？」

「そのウソ情報を教えてくれたのは誰でしたっけねぇ!?」

まったくこの人は。

あっけらかんと笑うミランダ事務長に、フェイは今日二度目の溜息をついた。

「……俺が探してるのは、髪が真っ赤な女の子です」

「うん知ってる」

「全然っ、別人でしたが！　そっくりな女の子が見つかったよって事務長が言ったから探しに行ったのに……ええ、そりゃもう探しまくりで。半年も探しちゃいましたよ！」

「そんな噂があるって言っただけさ。私はね」

ミランダ事務長が肩をすくめてみせる。

「とにかくお帰り。ああ、身分証はいらないから。このビルで君以上に有名な使徒なんていやしないよ。半年ぶりでも顔パスでいいから」

「……相変わらず適当だなぁ」

「程よく手を抜く。ただし抜かりなく。事務全般のコツだよ。まあ入った入った」

ビル内へ。

受付ロビーは、一般的な商業ビルとほとんど変わらない。

可愛（かわい）らしい受付嬢がいて、事務スタッフが黙々と荷物を運んで出入りしている姿がある。

一つ特徴があるとすれば――

ロビーのいたるところに、正装の使徒たちが佇（たたず）んでいることだろう。

白を基調とした神秘法院の服だが、いずれも真新しい。

「ああ。彼ら今年の新入り（ルーキー）だよ」

ミランダ事務長が、フェイの視線に気づいたらしい。

「去年の暮れに神呪（アライズ）を受けて使徒になったばかり。今はとりあえずチームを探してる」

「見所は？」

「そりゃ期待はしてるさ。でも君みたいなのはそうそういないね。神呪（アライズ）を受けてすぐの新入り（ルーキー）が、あっという間に『神々の遊び』で三連勝だなんて。今も神秘法院本部から催促がくるよ」

ミランダ事務長がおかしげに肩をすくめてみせた。

「使徒フェイ・テオ・フィルスは半年もサボって、いったい何してるんだって」

「……俺だってせいぜい一週間のつもりでしたよ」

探し人がいたという情報。

それを頼りに延々と探し続けたのに人違い。あまりに悲しい半年間だ。

「だから俺としては、半年分の無駄(ブランク)を今すぐ埋めたくて」

「すぐにでも『神々の遊び』に挑戦したいって？　ほんと君らしいね。神々との知略対決に尻込みしないなんて、どんな心臓してるんだか」

「ただのゲーム好きですよ」

「知ってる。ただのかどうかは同意しかねるけど、君の復帰は法院(ウチ)としても嬉(うれ)しいよ……と言いたいところだけど」

ミランダが、中央昇降機(エレベーター)を指さした。

「ちょい話があるんだよね。十七階においで」

「何の話です？」

「着いてからのお楽しみ」

昇降機(エレベーター)に乗りこんで。

フェイはふと、自分がよりかかろうとした壁に目をやった。

昇降機(エレベーター)の壁に刻まれていた文字列――

それは、神々がヒトに授けた七つの約束だ。


神々の遊び七箇条(ルール)。

ルール1――神々から神呪(アライズ)を受けた人間は、使徒となる。

ルール2――神呪（アライズ）を授かった者は超人型・魔法士型どちらかの力を得て、神々との頭脳戦（ゲーム）に挑むことができる。
ルール3――神々の遊びは、すべて霊的上位世界『神々の遊び場（エレメンツ）』で行われる。
ルール4――神呪（アライズ）の力は、『神々の遊び場（エレメンツ）』でしか発揮できない。
ルール5――ただし神々の遊びで勝利したご褒美に、神呪（アライズ）の力の一部を現実世界で使えるようになる。
勝利すればするほど、現実世界で開放できる力も増大する。
ルール6――合計3回の敗北で挑戦権を失う。
ルール7――神に10回勝利することで完全攻略（クリア）となる。
完全攻略（クリア）――神に10勝することで『神の栄光（セレブレイション）』が与えられる。

神々の遊び。

人類が課せられた目標は、「神に頭脳戦（ゲーム）で十勝する」ことだ。

完全攻略者には神々から「ご褒美」が与えられる。

詳細はわかっていないが、古くから囁（ささや）かれているのが「好きな願いを叶（かな）えてもらえる」という、何とも人間に都合の良い噂（うわさ）である。

もっとも――

完全攻略者がゼロである以上、真偽は不明だ。

「世界中が待ち望んでるよ。いつになったら神々に十勝する人間が出るんだろうね」

ミランダ事務長が、ふっと微苦笑。

ここ神秘法院の役目は二つある。

一つは「神々の遊び」を世界最大の興行(エンターテインメント)として人々に公開すること。

だが何よりも、神々に挑戦する使徒への支援(サポート)だ。

「人類史上の最高勝利数は八。これはもう大天才の記録だよ。遊戯(ゲーム)の英雄といっても過言じゃない。だけど、そんな英雄さえも十勝はあまりに遠かった。九勝目への挑戦中に三敗したことで引退を余儀なくされた」

「……ええ」

「だけどフェイ君、私はね、君なら完全攻略も夢じゃないって思ってる。なにせここ数年で最高の新入り(ルーキー)なんだから」

フェイの成績は三勝〇(ゼロ)敗。

神々との知略戦でいまだ無敗。近年稀(まれ)に見る最高の新入り(ルーキー)として、世界中から完全攻略(クリア)を期待されている。

「…………」

「おや、何か不満かい？」

「いえ。ただ俺としては、早く用事を済ませて神さまに挑みたいなぁって」

「……はぁ。ほんと君はゲーム好きだよね。これだって本当は大事な話なんだけど、まあ君、そういうのじっと聞くタイプじゃないか」

ミランダ事務長が噴きだした。

そう。

フェイにとって人類史上の最高勝利数がいくつだとか、自分が近年最高の新入り（ルーキー）とか、そんなのはどうでもいい。

ただ神さまと遊戯（ゲーム）で戦いたい。

その情熱だけでここに戻って来たのだから。

「……ほんと、君たち良いコンビになりそうだよ」

「はい？」

「話があるって言ったでしょ。フェイ君に会ってもらいたい女の子がいるの」

「女の子？」

「ご指名だからね」

ミランダ事務長が振り向いた。

半分はいたずらっぽく、そしてもう半分に、熱を帯びた期待をこめて。

「『この時代で一番遊戯（ゲーム）の上手（うま）い人間を連れてきて』——ま、それならフェイ君しかいないじゃん？」

「……俺を指名？　それ誰が？」

「神さまだよ」

ミランダ事務長が、頭上を見上げた。

二階、三階、四階……。

ビルの上層階に向かって点灯するボタンを見つめながら。

「今から一年前。女の子の姿をした神さまが北方にある永久氷壁から掘りだされたって話。ああでも、フェイ君ってそういうニュース見ないっけ？」

「そりゃ知ってますよ。世界中で大ニュースになったし」

神々は、人間が触れられない霊的上位世界の住人だ。

それが人間世界に「受肉」して降臨してきたということで、一年前には大騒ぎになったのを覚えている。

……発掘現場から一番近いって理由で、ウチの神秘法院で受け入れたんだっけ。

……ああ、だから俺と入れ違いか。

フェイはその経緯をほとんど知らない。

ちょうどここを離れて、一人の少女を血眼で探し続けていたからだ。

「どんな神さまです？」

「これが変わった神さまでね。大昔、人間との鬼ごっこで海底に隠れたんだってさ。ところが隠れてるうちに居眠りしてたら氷河期が来て、マイナス四十度の氷漬けのなかうっかり三千年も寝過ごしたとか」

「うっかりの規模（スケール）が違いすぎる……」

「古代魔法文明を知る生き証人だしね、発見当時は大騒ぎさ。でも彼女を預かってみた結果、神秘法院（ウチ）でも扱いに困ってしまったってわけ。やっぱり順応させるにも限界があった。何よりも下手に触れて怒らせるとまずいじゃん？」

なにせ神だ。

霊的上位世界の神々は、そもそも肉体がなければ寿命もない。さらに全能のごとき力を持っているのだから人間とは違いすぎる。

「ちなみにその神さま、炎と竜の二つの化身らしくてね」

十四階、十五階、十六階……。

さらに上へと進んでいく昇降機（エレベーター）内で。

「本人はもう自分は神じゃなくて『元（もと）神さま』って言ってるけど、どうやら力は健在らしくてさ」

「力っていうと？」

「怒らせるとまずい。一時間でこの都市が世界地図から消える。焦土に変わる」

「はいっ!?」

「しかもこれ大袈裟じゃなくて、本人の自己申告だしね」

「……そんな危ない神さまを預かってどうするんです?」

「最初はそこまでヤバいって思わなかったんだよ。ウチでその神さまのことを調べて、最近ようやく結論が出たんだ。ああこれは、神秘法院で預かるには危険すぎる大物だって」

ミランダ事務長が苦笑い。

それとほぼ同時、チン、と軽やかな音を立てて昇降機が止まった。

十七階。ここが目的地なのだろう。

「本題ね。神さまの見張りをフェイ君にやってもらうから」

「……はい?」

ぽかんと瞬きするフェイを横切って、ミランダ事務長が歩きだした。

神秘法院ビルの十七階。

高級ホテルの廊下のような、来賓用のフロアをまっすぐ奥へ。

「人間社会に不慣れな神さまの指導役っていう名目ね。その裏で、彼女の動向を観察して報告してもらうよ。それでフェイ君を呼んだってわけ」

「いやいや!? 俺に神さまを監視しろって!?」

「言葉に気をつけて。彼女は耳がいいから聞こえでもしたら大問題だよ。……彼女の正体、可愛(かわい)い見た目でも強大無比な竜神だからねぇ」

ミランダ事務長が、歩きながら肩をすくめてみせる。

「君が適任なんだよ。っていうか君しかいない」

「理由、わかるよね？」

「……予想はつきますけど」

頷(うなず)くかわりにフェイは嘆息してみせた。

なぜ「適任」か。

「……俺が死なないから？」

「そう。神の力は大きすぎる。赤子が積み木を崩すような軽い気分で、容易にヒトを壊しうる。望む望まないにかかわらずね。だからこそ死なない人間に頼むのさ」

神の監視者となる条件とは――

神の力で壊されない人間であること。

フェイに宿る神呪(アライズ)が、まさにその条件を満たすのだ。

「ってわけではい決定」

「強制!? 待って事務長、俺はそんな危なっかしい役のために戻って来たんじゃないですってば。神々の遊びに挑みたくて――」

「だーめ。拒否権なし」

フェイが見つめる前で。

眼鏡(めがね)の薄いレンズごしに、事務長が微苦笑気味に目を細めてみせた。

「さっき言ったでしょ。これは彼女からご指名なの」

「…………」

「『この時代で一番遊戯(ゲーム)の上手(うま)い人間を呼んできて』——ま、そういうこと」

3

神秘法院ルイン支部。

楕円型ビルの十七階は、来賓向けのフロアである。

「なにせ元神さまだからね。彼女には特別顧問室で寝泊まりしてもらってる」

「……寮生活の使徒(おれたち)と待遇違いすぎません？」

「そんなことないさ。一流ホテルのスィートルームとはいかないけど、それなりの個室を用意しているつもりだよ。君ら使徒こそが神秘法院の稼ぎ頭なんだから」

ミランダ事務長が金色のマスターキーを取りだした。

カード型の鍵を扉にかざした瞬間、特別顧問室の扉がスライドして開いていく。

「勝手に開けちゃって怒られません？」

「彼女に見られて恥ずかしいものなんてないからね。……おや、外に出てるのかな。待たせてもらおっか」

応接間も兼ねたリビングへ。

そこに散乱する遊び道具を見まわして、フェイは思わず苦笑いをこぼしていた。

「……へぇ。ほんとにゲーム大好きな神さまなんだな」

ダーツにルーレットに種々のカード類。ダイスも定番の六面体から十二面体、さらには特殊な百面体ダイスまで。

それらが机からあふれて床にまで転がっている。

「……『神はサイコロを振らない』って諺があるけど、普通に振るんだな」

床に落ちていた六面ダイスを二つ拾い上げる。

それをテーブルめがけ、フェイはひょいっと放り投げた。

「四と六」

机上を転がる二つのダイス。

それがフェイの宣言通りの目でピタリと止まるのを見て、事務長が目を丸くした。

「何それ偶然？」

「簡単ですよ。出したい目の逆を上に持つんです。そこから転がして縦に半回転で止まる力加減で振ればいい」

六を出したいなら一。

四を出したいなら三の目が上になるよう持ち、そこから半回転するよう振る。

「でもフェイ君、いまテーブルに放り投げたから半回転どころじゃなくない？」

「今のは三十一回転と半回転。だから半回転と同じ目がでる」

「二つのダイスを同時に？」

「三つでも四つでも同じです。どうせこんな小手先、神さま相手じゃ役に立たない」

神との勝負のためではない。

フェイが披露した技術は対人ゲームで磨いたもので、さらに言えば、たった一人の相手のために習得したものだ。

……こんなダイスもルーレットも。

……『あの人』に毎日死ぬほど負けまくって、悔しすぎて練習したっけな。

懐かしい。

あふれんばかりの遊び道具を、我知らずのうちにフェイは見つめていて――

「あ、ミランダだー」

のんきな声が奥から聞こえたのは、その時だ。

ふり向いたフェイの目に飛びこんできたのは、炎がそのまま具現化したような鮮やかな炎燈色（ヴァーミリオン）だった。

「おやレオレーシェ様。お風呂でしたか」

「うん。人間の身体ってすぐ汚れるから。ちゃんと洗った方がいいんでしょ?」

炎燈色の髪の少女。

燃えるような鮮やかな長髪。

身軽なタンクトップ姿で、すらりと伸びた手足の細さがよく映える。好奇心旺盛そうな琥珀色の瞳は爛々と輝いていて、上気した頬は可愛らしい色気を感じさせる。

そんな彼女の姿を——

気づけばフェイは、息も忘れて見つめていた。

「ねえミランダ? そっちの人間ってもしかして?」

「ご要望の人間ですよ。フェイ・テオ・フィルス——昨年にデビューしたばかりの新人ながら、神々の遊びでいきなり三連勝した超有望株の使徒です。今日からレオレーシェ様の指導役として配属されます。ほらフェイ君ご挨拶……フェイ君?」

ぽんと肩を叩かれて、何度も何度も名を呼ばれる。

「フェイ君、おーい?」

「…………あ……」

はっ、と我に返る。

そんなフェイの目の前で、レオレーシェと呼ばれた元神さまの少女がふしぎそうにこちらの顔を覗きこんでいた。

「人間？　どうかした？」

「……フェイ君さ、レオレーシェ様が可愛いからって一目惚れは指導役失格だよ」

「ち、違います事務長！」

顔が真っ赤なのは自覚しつつ、フェイは大慌てで首を横にふった。

見とれていたのは認めよう。

レオレーシェという少女に釘付けになっていたのも事実だ。

……だけど一目惚れじゃない。逆だ。初めてじゃないから見入ってたんだ。

……『あの人』に酷似してたから。

自分には、探し続けている女性がいる。

今はどこにいるかわからないが、その唯一の手がかりが、まさにこの炎燈色の髪色だったのだ。

だからつい、その面影と重ねて見入ってしまった。

「……何でもないです。ちょっと考えごと」

「ふぅん？　ま、フェイ君がそういうなら話を進めちゃうかな」

ミランダ事務長が眼鏡のブリッジを押しあげて。

「さてレオレーシェ様、ご要望のとおり『この時代で一番遊戯の上手い人間』です。あとは煮るなり焼くなりお好きにどうぞ」

「俺、生け贄っ!?」

「じゃあ私は事務方の仕事に戻るから。自己紹介や親睦は二人でどうぞ。……フェイ君、指導役の仕事、上手くやりなよ？」

ぽんと肩を叩いてミランダ事務長が去って行く。

上手くやれ――

むろん指導役の役目ではなく、神の監視者としての意味合いだろう。

これで神と二人きり。

元神さまを「二人」という数字で表していいのかフェイも定かではないが、事務長がそう言うのなら無礼ではないのだろう。

「あ……ええと」

「や、人間！　とにかくようこそ！」

タンクトップの裾をはためかせ、炎燈色の髪の少女がソファーに飛び乗った。

「そこに座って。いまテーブルを片付けるから」

散乱するダイスやゲーム盤を片付ける……というより、ざーっと勢いよく床に落っことしただけなのは、人間と神の意識の違いなのだろう。

しかしテーブルを綺麗にするとは？

お茶とお菓子でも出して歓迎してくれるのか？

そう思ったフェイの想像は、次の言葉であっさりと消し飛んだ。

「さあ。さっそくだけど始めましょ」

「何をです？」

「ふふん、決まってるじゃない」

テーブルを挟んだ向かい側。

対面に座る彼女が、目をキラキラさせて両手を広げた。

「神(わたし)と人間(おまえ)とで、ゲーム勝負よ！」

「……さすが」

元神さまの一声に、フェイは思わず苦笑いしていた。

遊び好きの神さまとは思っていた。とはいえだ。まさか出会い頭にいきなり遊戯勝負(ゲーム)に誘われるとは。

「わたしの名前は教えておくね。神秘法院じゃレオレーシェって呼ばれてるわ」

フェイにはなじみの薄い名の綴(つづ)りだ。

古代魔法文明の時代の名前？　現代ではあまり聞き覚えがない。

「俺からはレオレーシェ様でいいですか」

「いいよ」

「わかりました」

まったくもう。

内心、フェイはこっそり苦笑した。

……ミランダ事務長め。

……俺は『神々の遊び』のために戻ってきたってのに、こんな役を押しつけて。

地上に降りてきた神さまの監視役。

流れに流されるまま決まってしまったが、もう今さら断れまい。

何より——

遊戯対決を挑まれたなら、自分は、神さま相手にも退く気はない。

「あ、でもレオレーシェ様」

「なに？」

「俺もゲームは好きだから望むところですけど、その前に、もうちょっと互いに自己紹介しませんか？」

ミランダ事務長からの頼まれごとは、この少女を見張ること。

まずは遊戯の前に情報収集だ。この元神さまの素性を知らなければ、監視も何も話にならない。

「一応指導役なんで、できれば先に自己紹介で親睦を——」

「自己紹介をゲームでやるのよ」

元神さまの少女が、カードの束を取りだした。

手書きの文字群のカードが合計八十枚。その内容がわかるよう表向きにテーブルに並べていく。

「ん？　名前、年齢、出身、性別、趣味、夢、って……」

「わたしが暇つぶしに作ったの。名づけて『自己紹介神経衰弱』」

「……なかなか直球な名前で」

察するに、トランプの『神経衰弱』だろう。

裏向きのカードを二枚めくって、それが同じ数字の組（ペア）なら持ち札になる。裏向きのカードの数字と配置を覚える暗記ゲームだ。

「ああわかった、組（ペア）になるのは数字じゃなくて自己紹介の内容？」

「うん。神経衰弱と同じルール。たとえばわたしが『出身』の組（ペア）を揃（そろ）えたらお前は自分の出身を答える。組（ペア）が揃わなかったら答える必要はないわ」

「わかりました」

「揃った組（ペア）の質問には素直に答えること。約束よ」

「もちろん」

嘘（うそ）はつかない。このゲームはそんな当たり前の条件がないと成り立たないが、監視役のフェイとしては願ったりだ。

神自らが「嘘はつかない」といっているのだから、どんな質問も許される。

「よしよし。どんな自己紹介のカードがあるかはわかったね。じゃあ裏返しにして掻き混ぜ（シャッフル）して、それで並べて――」

「あ、待った」

「……うん？」

「そのカードシャッフル、やり直しでお願いします」

裏返されたカード群をかき集める。それを、自分でもわからないようにフェイは掻き混ぜ（シャッフル）し直した。

「最初テーブルに表向きに並べてたでしょ。俺にルールを教えるために」

「うん。でも裏返して混ぜたけど……え。まさか……」

炎燈色（ヴァーミリオン）の髪の少女が、目をみひらいた。

「あの瞬間にカードの配置を全部覚えた。それで、わたしが裏返して混ぜたのも全部目で追っていた？」

「癖です。昔、ある人に死ぬほどゲームで鍛えられて、こういう神経衰弱ならトランプ十セット（五百四十枚）を使って七ゲーム先取でやるのが日常だったんで」

「………」

ポカンと口を半開きにする元神。

神でありながらも、そんな驚きの仕草は人間と似ているらしい。そして——

「いいわ！」

少女が満面の笑みでそう叫んだ。

「お前すごくいい。気に入ったわ！　根っからのゲーム好きな人間、わたし大好き。何より、その態度が最高ね！」

竜神レオレーシェは気づいたのだ。

フェイが暗に含ませた意味。

丸暗記した神経衰弱なんてイカサマは使わない。真っ向勝負で神に挑んでやる、という不遜極まりない挑戦状。

「神(わたし)を畏れぬその態度とってもいいわ。なら……このゲームも、こんな狭いテーブルの上だけでやるのは勿体(もったい)ないかしら」

「え？」

机上(テーブル)でなければ床で？

フェイが尋ねるか迷う間もなく、竜神の少女がパチンと指を鳴らした。

「浮かべ。そして回転開始」

八十枚のカード群が浮かび上がった。

淡い赤光に包まれた裏返しのカードが、フェイたち二人の頭上を、回転盤(ルーレット)のごとく旋回しはじめたのだ。

神の力による念動力。ぐるぐると宙を回り続けるカードは、一秒とて同じ場所に留まらない。さらに——

「まさか、空中回転の軌道と早さが一枚一枚で全部違う？」

「お、気づくのが早い。いいねいいね」

元神さまの少女が嬉しそうに声を弾ませた。

「この八十枚、全部軌道が違うから。どういう周り方をするかはわたしも知らない。こっちの方が楽しそうでしょ。いま思いついただけだけど」

「……なるほど」

いわば『三次元』神経衰弱。

神経衰弱で、一度表になったカードの配置を自分は絶対に忘れない。

それは彼女も同じ。

ならば「カードの配置を常に変えてしまえ」という追加ルールだ。覚えたはずのカードが、一秒後には宙を渡って別の場所に移ってしまう。

「配置に加えて、カードが旋回する軌道も全部覚えろと」

「そうそう。いける？」

「もちろん」

「よしよし。あ、最後にもう一つ。この神経衰弱だけのオリジナルルールを追加したいの。構わないかしら？」

「……ちなみにどんなルールを？」

「『一ターン絶対制』よ」

レオレーシェがもう一つ取りだしたカードは、正真正銘の正規なトランプだ。

そこから二枚を引き抜いて──5と5。

つまり同じ数字の組をフェイへと手渡してきた。

「神経衰弱って、こんな風に組を揃えたらもう一回自分のターンができるでしょ？」

「まあ……たぶん主流のルールかと」

「それは無しってこと」

組を当てても外しても一ターン交代。

ただそれだけだ。元神さまともあろう者が「オリジナルルール」と銘打ってまで追加したがるとは思えないが。

いや違う！

心の内で、フェイは思わずそう叫んでいた。

……なるほどね。・・・・・

……このゲームに限って、その追加ルールはかなり面倒くさいことになる！

とくん。

胸が高鳴っていく。緊張と高揚感――久しく忘れていた感覚に、少しずつ全身の体温が上がっていくのを感じながら。

「望むところです」

こちらに微笑む少女へ、フェイは大きく頷いた。

理解した。

これはただの神経衰弱ではない。『一ターン絶対制』が追加された瞬間から、まったく遊び方の異なる勝負となったのだ。

……これは暗記ゲームじゃない。

一ターンごとに取捨選択を問われる情報選別ゲームだ。

八十枚のカード。

これらはどれ一つとして等価ではない。

「よしよし。じゃあ始めましょう」

竜神レオレーシェが楽しげに手を打ち鳴らした。

「最初のターンはお前にあげる」

お先にどうぞ。

元神さまのレオレーシェの仕草に応え、フェイは頭上の二枚を指さした。

「じゃあ遠慮なく。俺は、この二枚……お？　勝手に開いた」

フェイが指定した二枚のカードが、空中で表にひっくり返る。

ただし同じ組（ペア）ではない。神経衰弱の一ターン目は完全に運頼みだ。初回で組（ペア）が揃（そろ）うのは確率二パーセント未満。そうそうあたるわけがない。

なお、どんな自己紹介だったかというと――

「『名前』と『血液型』……そもそも神さまに血液ってあるんです？」

「溶岩より熱いよ」

「はい？」

「わたしは炎と血の化身で、それが竜のかたちになった神だから。わたしが一滴でも血を流したらこのビルがドロドロに溶けちゃう」

「災厄にも程がある!?」

「もっと知りたかったら『血液型』のカードを揃えてね」

炎燈色（ヴァーミリオン）の髪をくるくると指でまきながら、レオレーシェという名の元神さまがクスッと微笑（ほほえ）んだ。

「じゃあ次はわたしのターンね。んー、どれにしよっかな」

真剣なまなざしでカードを見上げる。

そんな彼女はいま床に座りこみ、前屈（まえかが）みでカードを見上げているのだが。

「あ……その態勢はちょっと」

「どうしたの？」

「いや、別にルール上問題はないけど……ないですけどぉ……」

フェイは目を逸らすので精一杯だ。

なにしろタンクトップの襟ぐりが緩いせいで、前のめりになった彼女の体勢だと胸元がフェイから容易に覗けてしまう。

しかも、ただ胸元が危ういだけではない。

「もしや神さまって、下着の概念がなかったりとか……」

「あー、下着ねぇ。わたし人間に受肉してみたけど、その下着っていうのがわかんないの。肌を隠すために服があって、その下になんでまだ着るのかな？」

「……いや。まあそれは」

フェイとしては何とも答えにくい。

そう。この元神さまの少女は、明らかに胸の下着をつけていないのだ。

タンクトップの隙間から肌が丸見えなのである。人間に受肉しただけあって、女性らしい胸の膨らみもある。

「……俺が集中できないんで」

「あっ、じゃあよくないね。ゲームに集中できないのはよくないわ」

レオレーシェがソファーに飛び乗った。

その勢いで空中のカード二枚を指さして。

「これとこれ！　んー残念。『出身』と『年齢』だから外れ。お前の番ね」

「俺はこの二枚。……お、『出身』の組（ペア）が揃（そろ）いました」

まずはフェイが一組。

これでレオレーシェが、自分の『出身』を自己紹介することになる。

「じゃあ答えるわね、ほとんどの神で共通だと思うけど、わたしの出身は『神々の遊び場（エレメンツ）』。人間が霊的上位世界って言ってる空間ね。神の住まいだから、そこに人間が入るには専用の扉が必要なのは知ってる？」

「ええ。俺も半年前までは使ってたんで」

人間は、神々の霊的上位世界には入れない。

そこで神々の遊びに参加するには特別な「扉」が必要なのだが、使徒であるフェイには馴染（なじ）みのある知識である。

むしろ――

真の収穫は、竜神レオレーシェの素直な返答そのものだ。

「出し惜しみなく答えてくれてるんだなって。少し驚きました」

「当然でしょ。それがこのゲームのルールだもん。ルールはただの制約じゃないわ」

「楽しむためのもの？」

「大正解。そういうことよ」

元神さまの少女が、嬉(うれ)しそうに片目をつむってみせた。

そして手番が進んでいく。次々と裏返しのカードが明らかになり、互いに覚えている札が増えていく。

「わたしは……『経済力』と『趣味』だから外れね。そういえばさっき『趣味』のカードがあったかも。覚えてる？」

「『趣味』の組(ペア)は、俺の真後ろを飛んでる四枚の後ろから二つ目、それと窓側を旋回してる六枚のうちの右から三つ目かな」

フェイの宣言した二枚がひっくり返って、「趣味」のカードが表向きに。

「わっ、流石(さすが)ね！」

竜神レオレーシェが嬉しそうに手を叩(たた)く。

対戦相手(フェイ)に組を揃えられてしまったのに、まるで自分の勝利のように楽しげだ。

こういう人間を待っていた。

そんなとびきりの笑顔を惜しげもなく湛(たた)えて。

「ならば答えてあげる。わたしの趣味は、ずばりゲームよ！」

「――――」

「わたしとしても反応がないと寂しいよ?」

「……いや。まあそうだよなあ。それ以外ないよなって」

愛らしい少女の前で、フェイはふっと苦笑い。

失敗した。

実は、内心で期待もあったのだ。この元神さまがゲーム以外の趣味を持っていれば、そこから連鎖的に得られる情報もあるのではないかと。

神の監視役としては、そうした情報がほしかったから。

とはいえ、この神さまはやっぱりゲーム一筋らしい。

——だが。

もしも事務長(ミランダ)がこのゲームを見ていれば、仰天していただろう。

この間にも数十枚のカード群が宙を旋回しているにもかかわらず、二人は談笑まじりに・・・・・・・互いの顔しか見ていない。

空中にあるカードの軌道と周回速度を記憶。

特定のカードがいま背後のどの位置を旋回しているか、二人は常に脳内で計算しているのだ。

「ねね、わたし『名前』揃(そろ)えたわ。お前の名前は?」

「ああそっか。まだ俺の自己紹介してなかった……フェイ・テオ・フィルス。見てのとおり、ミランダ事務長に引っ張ってこられました」

「あだ名は？」

「フェイ以外に呼ばれたことないです。そっか、名前ってカードはあだ名もアリか」

自己紹介ゲームらしい応用だ。

揃えたカードから連想してどんな質問を繰りだすか。そんな機転でいくらでも質問の幅が広げられる。

「俺のターン。『性別』が揃いました」

「えー。こんな可愛い子に性別なんて今さら聞いちゃうの？」

「……何そのわざとらしい反応」

「人間の本にそう書いてあったんだもん。ほら後ろ――」

レオレーシェがソファーの後ろを指さした。

床に何百冊と積まれているのはゴシップ誌、新聞、漫画、小説、歴史書、科学の研究論文などなど。

「先週の分ね。今週また同じ分だけ届くわ。人間のこともっと知りたいし」

「……これだけの量を一週間で？」

ふと思いだした。

彼女が氷漬けから目覚めたのは一年前。それがフェイと当たり前のように会話していることがそもそも異常だということに。

……読み書きも一年未満でここまで完璧に習得したのか。

……さすが神さま、学習能力まで半端ないな。

貪欲なまでにヒトを理解しようとする。裏を返せば、それはすべて人間と遊ぶための努力なのだろう。

「それで現代言語の文法から発声まで覚えたんですか。すごいな……」

「一週間で完璧でござるよ」

「完璧じゃないし!? いま明らかに変な語尾が混じってたから！」

「まあいいじゃない。あと性別は元々無いけど、人間に受肉したらこの姿だったのよね。だから『女の子』って答えておくね」

「……そりゃそうか」

レオレーシェという少女として受肉した以上、生物学的に女であるのは違いない。

「あ、でも見せてあげようか。ちゃんと服の下は人間の女子と同じで――」

「見せるなぁぁぁぁっ!?」

タンクトップを脱ごうとするレオレーシェの手を、フェイは慌てて制止した。

「いきなり何してんの!?」

「え。ルールに従ってわたしの性別を見せてあげようかなって」

「答えるだけでいいですから！……ああもう、俺の方が汗かいた」

「タンクトップを脱ぐのが嫌なのね。じゃあこのロングパンツの方なら——」

「もっとダメだから!?　だって下着穿いてないんでしょ。そこは神さまとして恥じらいをもって！」

神さまに挑んでいる気がしない。ゲーム好きな子供とでも遊んでいる心境だ。

が。

そんなフェイの印象は、次の瞬間に吹き飛んだ。

「次、わたしのターンね」

炎燈色の髪をかきあげて、レオレーシェが「これ！」と宙を指さした。

一枚目にひっくり返したのは、表面が真っ白な札。

二枚目も真っ白。

「あっ……」

彼女が揃えたカード二枚に、フェイは声を上げていた。

・・・やられた。偶然ではあるまい。今まさにレオレーシェが揃えたものは、フェイも狙っていた組だったからだ。

ワイルドカード。トランプでいうジョーカーだ。

自己紹介の内容が何も書かれていない真っ白な表面は、『手に入れた者が自由に質問を考えていい』という効果を示している。

「えへへ、これほしかったのよね」

嬉しそうにワイルドカード二枚を見せてくる。

「さてさて何を聞こうかな。人間、最初の約束覚えてるわよね？」

「……そりゃまあ」

質問には素直に答えましょう。

そう誓って始めたゲームだ、嘘はつけない。

「じゃあわたしが質問するのは――人間、お前が我に近づいてきた本当の目的」

ぞくっ。

フェイの背筋を、氷のナイフで刺し貫かれたような錯覚が駆けぬけた。

目の前にいる彼女――

その声が一瞬にして猛々しくなり、こちらに向ける天真爛漫な瞳には、人間を超越した竜の眼光が浮かびあがっていた。

「答えよ人間。我が問いに虚偽は許さんぞ」

炎燈色の髪の少女がさらに続ける。

その声だけで人間を塵に還してしまいそうな、とてつもない言霊を湛えてだ。

どくん、どくん、と。

不死の神呪(アライズ)をもつフェイでさえ動悸(どうき)が止まらない。自分以外の人間であればこの場で息もできず昏倒(こんとう)しているだろう。

そう。

これこそが、神秘法院が「人間には制御できない」と判断した理由なのだ。

……なにが元神さまだ。人間に受肉しただって？

……俺の前にいるのは本物の神そのものじゃないか！

既に「神々の遊び」で三体もの神に知略戦(ゲーム)で勝利した。そんなフェイをしてなお、これほどの威圧感を受ける相手は初めてだ。

……最初から狙いは俺と同じ、と。

……のらりくらりと遊びつつワイルドカード狙いだったわけか。

一度表になった組(ペア)をフェイはすべて記憶している。

当然に彼女もだろう。その中で、ワイルドカードを先に引けるかどうかは純粋な運の対決だった。

だからこそ——

「あははっ、いやぁ俺ら気が合うな」

フェイは思わず噴きだした。

「そりゃそうか、俺が狙ってたんだから当然に神さまもだよな」

「?」

竜神がきょとんと目を瞬かせた。

神の眼光に射すくめられて、なぜこの人間は笑えるのだ、と。

「なんだ。ミランダ事務長の狙い、やっぱ神さまにはお見通しだったじゃん。まあおかげで面白いゲームができたからいいけどさ」

神からの問いは「フェイが近づいてきた本当の目的」だ。

率直に聞かれてもフェイは「指導役をやれと言われたので」としか答えなかった。だが、この勝負を受けたからには事情が違う。

「答えます。俺の目的だけど、素直にいうとあなたの観察です。霊的上位世界の神さまが地上に降りてきた。それが人間にはまだ計りかねていて、あなたの目的や素性をしっかり確かめたかったと」

「――――」

全身八つ裂きにされるかな。

神の怒りに触れる。その覚悟で発したフェイに対し、竜神の少女はじっとこちらを見つめたまま動かない。

「今までの対応を見てもらえるとわかると思うけど、神秘法院も悪意があるわけじゃない。そこだけはご理解いただければと」

「…………」

赤く燃えるような髪をさっと払って。

「ま、薄々そんな気がしたから訊いたんだけどね」

目の前の彼女が、にっこり笑った。

「よしよしありがとう。素直に答えてくれたし、わたしのゲームに真面目に付き合ってくれた。キミはいい人間だ」

「そんな突然言われても……」

「最初に言ったでしょ、キミのこと気に入ったって。そうじゃなきゃ今の質問もしないよ。信用しない人間に訊く質問じゃないし」

竜の眼光が、陽に溶けるようにふわりと消えて――

レオレーシェという名の少女が小さく笑む。

だがその笑顔以上にフェイがドキッとしたのは、自分への呼び名が突然に「お前」から「キミ」になったことだ。

「キミのことフェイって呼ぶ。あ、だからわたしのこともレーシェでいいよ。敬語もいらない。距離感があると楽しく遊べないもんね」

「……急に親近感が上がったっていうか。そんな馴れ馴れしくていいんです？」

「うん。キミはゲームの期待に応えてくれた」

ワイルドカードの二枚を放り投げるレーシェ。

代わりに、彼女がテーブル上から拾い上げたのはフェイが揃(そろ)えていた組(ペア)だ。

「キミが狙ってたカードは『性別』『出身』『趣味』。最初から枚数で勝つこと狙ってなかったでしょ？」

「……ご明察で」

フェイの狙いは総合枚数ではない。

このゲームの真髄は「覚えていても取らないこと」。

なぜならこれは、神経衰弱本来の「組(ペア)を取りあう」暗記対決ではないからだ。

たとえば「名前」というカード。

これは取ってはいけない。

彼女(レーシェ)の名前を、フェイは既に知っているからだ。

神経衰弱本来の「組(ペア)を揃えたらもう一ターン」がない以上、「名前」を揃えたところで自ターンを無駄に消費するだけ。

……すべては、あの『一ターン絶対制』が追加されたからだ。

……覚えてる組(ペア)をかき集めれば勝ちっていう神経衰弱の常識(セオリー)が通じなくなった。

自ターンを消費してまで取る価値があるかどうか。

覚えているカードと欲しい情報、それを天秤(てんびん)にかけてターンごとに判断を強いられる情報選別ゲーム。

それに気づいたフェイは、ほしい情報のカードだけをひたすら探していた。

枚数の総合勝利を初めから放棄したうえでだ。

「あ、そうだわ！　キミに一個訊きたいことあるの。教えて」

竜神レーシェが、何かを思いついたかのように声を上げた。

テーブル越しに身を乗り出して。

「キミもワイルドカード狙ってたでしょ。わたしにどんな質問する気だったの？」

「答えてくれるんですか？……ああいや、敬語は使わない方がいいっていうなら普段どおりに話すけど、俺の質問にも答えてくれる気があると？」

「質問次第」

「……なんで俺を選んだのかなって。階位の高い使徒は他にもいるし」

使徒フェイの階位はⅢ。

これは神々の遊びに三勝したことを意味するが、この神秘法院支部にはフェイより階位の高い者もいる。

「特に、神秘法院の本部にいけば——」

「そうだけど、新入りで三連勝したのはキミしかいない」

この世界では、神の選別によって毎年千人を超える人間が神呪を受けると言われている。

つまりは使徒もそれだけ増える。

だがフェイの「神に三連勝」を越える者はいない。

過去百年を遡っても該当する新入り（ルーキー）が数人いるかどうか。

「そんな有望なのに、所属していたチームも離脱して半年間もどっかに行ってたんでしょ。神秘法院も困ってるってミランダが言ってたよ？」

「いや、その事務長から教えてもらった話が間違ってたせいなんだけど……」

「それでね！」

カードを床に放り投げたレーシェが、前のめりに顔を近づけてきた。

「キミも、わたしのこともっと知りたいんでしょ。なら互いに協力するのが一番よ。わたし、キミと一緒に『神々の遊び』を攻略したいんだよね」

「……神々の遊びを？」

竜神レーシェは神々の遊びを司る（つかさど）神の一柱のはずだ。

一般的なゲームなら制作者（クリエイター）で、さらには物語上で立ちはだかる撃破目標（ユニークボス）で、撃破後にはご褒美をくれる姫（ヒロイン）でもある。

ただし挑戦者ではない。神に挑戦するのは人間側だ。

「わたしね、人間と遊びたくて受肉したはいいんだけど、霊的上位世界からこっちの物理世界って一方通行らしくて……」

　炎燈色(ヴァーミリオン)の髪をくるくると指に巻きながら。レーシェが、ほんの少し気恥ずかしそうにはにかんでみせた。

「神に戻れなくなっちゃったの。ついうっかり」

「うっかりで済むのかそれ!?」

「問題ないわ。神々の遊びに挑めばいいのよ」

「……というと?」

「神々にゲームで十勝するの。そうすれば、わたしは神に戻れる」

　神々の遊び七箇条(ルール)。

　ルール7――神々に10回勝利することで完全攻略(クリア)となる。

　そして完全攻略者には『神の栄光(セレブレイション)』が与えられる。その「ご褒美」が何なのかは誰も知らないと言われているが。

「……もしやレーシェって、神の栄光(セレブレイション)の正体を知ってる?」

「もちろん。人間が言ってる噂(うわさ)で大体あってるわ。神さまが願いを一つ叶(かな)えてくれるって。そこまで的外れじゃないかしら」

「本当にそうだったのか……。でも的外れじゃないってことは、逆にいえば完璧な正解ってわけでもないと?」

「願いを一つじゃなくて、百でも千でも好きなだけどうぞ」

「ヤバすぎだろ!?　神々ってのはどんだけ太っ腹なんだよ!?」

「でも達成した人間はいないわ」

「……っ。まあそうか」

レーシェの一言に、我に返る。

かたや、思いつく願望すべてを叶えても余りある見返り(リターン)。

かたや、「神々にゲームで十勝」という前人未到の難題。

天秤(てんびん)は釣り合っている。

「ってわけで、わたしはキミと一緒に組みたいの。っていうか一緒に遊びたい」

「……俺たちでチームを結成すると？」

「だめ？」

「いいや。むしろ光栄っていうか」

神々の遊びは、神ならではの壮大なゲームによる神VSヒトの頭脳戦だ。

……正直、俺もチーム選びは迷ってたし。

……前に入ってたところは半年前に一度脱退しちゃったから。

どこかチームを選んで加入するしかない。

内心でそう思っていたところに、まさかの勧誘である。

「……望むところだよ」

我知らずのうちに、フェイは拳を握りしめていた。

遊戯（ゲーム）は楽しむもの。

子供の頃に「彼女」にそう教わって以来、フェイが守り続けている信念だ。

かつて神だった少女とチームを組む。こんなにも胸躍る経験は望んだって手に入るものじゃない。

「元神さまのプレイを誰より間近で見られる。考えるだけでワクワクするよ」

「……えへ」

元神さまの少女がにこりと笑んだ。

「好（い）いね。やっぱりキミは、わたしが思ったとおりの人間だ。じゃあ決ま――」

「あ、ただし」

レーシェの言葉半ばで、フェイは二の句を継いだ。

「俺たち会ったばかりだし。俺もチーム経験はあっても元神さまと組むのは初めてだから。準備はしっかりしたいんだ」

元神さまならば遊戯（あそび）の実力は文句なし。

唯一の懸念は意思疎通（コミュニケーション）だ。なにしろレーシェとは出会ったばかり。

「チームの連携って大事なんだよ。テニスや卓球のダブルスも相棒との息の合わせ方って大事だろ？　俺が、神々の遊びに挑んだのはまだ三回だけど……」

「ぜんぶ勝ったんでしょ？」

「どれも超接戦だった。俺が勝てたのは運に恵まれたからで、三勝〇敗が〇勝三敗だって全然ふしぎじゃなかった」

ゲームとは——

持てる知略を尽くすものだ。

駆け引き（マインドゲーム）があり、読み合い（リード）があり、幾度もの試行錯誤を経て最適解を見いだして、最後に、ほんのわずかな運を祈って勝利を得る。

神々の遊びはその究極形である。

「なおさら本気で挑みたいんだよ。即席チームなんかじゃなくて」

「…………」

「ほら、たとえば道ばたで出会った男女がいきなり『結婚！』にはならないだろ。まずはお友達から始まって、そこからお付き合いに発展して……って、こんな喩（たと）えは逆にわかりにくいかな」

「ううん大丈夫」

「ならよかった。まずは互いをちゃんと理解しないとさ。時間をかけて連携を——」

「さっそく神々の遊びに挑戦ね」

「俺の話は⁉　俺の話は聞いてたかなっ⁉」

「さっそくミランダに話をしてくるわ！」

「ひとの話を聞け――――っ！」

元神さまは、思った以上に厄介だ。

目を輝かせて部屋を飛びだすレーシェを、フェイは全力で追いかけた。

4

この世界は、過酷だ。

約二パーセント――

この世界大陸に占める、人類の全都市を合わせた面積割合である。神秘法院のチームが開拓を進めている面積を足し合わせても七パーセント。

では、残り九十三パーセントは？

それが秘境。

恐竜（レックス）と呼ばれる巨大原生生物が闊歩（かっぽ）する草原。人間が一時間と経（た）たずに倒れる灼熱（しゃくねつ）の砂地獄。さらには船をも丸呑（まるの）みにする巨大水棲（すいせい）生物の棲（す）む海。

人間は、決して地上の支配者ではない。

この秘蹟（ひせき）都市ルインも、まわりを鋼鉄の壁で覆っていなければ恐竜（レックス）の群れに襲われて一晩で壊滅するだろう。

人間には「力」が要る。残酷な大自然に抗（あらが）い、生き残るための力がだ。

「にしても、神さまたちはよく考えたよな……」

使徒の寮。

半年ぶりに戻った自分の部屋で、フェイは床に寝そべって天井を見上げていた。

「人間（おれたち）は、この過酷な秘境を開拓していかなきゃいけない。でも人間だけの力じゃ無理がある……」

だから『神々の遊び』が必要なのだ。

神々の遊び七箇条（ルール）。

ルール1――神々から神呪（アライズ）を受けたヒトは、使徒となる。

ルール2――神呪（アライズ）を授かった者は超人型・魔法士型どちらかの力を得る。

ルール5――神々の遊びで勝利したご褒美に、神呪（アライズ）の力の一部を現実世界で使えるようになる。

神々から『神呪（アライズ）』を与えられた人間は、強大な力を得る。

恐竜（レックス）からも逃げきれる脚力の『超人』。

灼熱の風をやわらげる氷の『魔法士』。中には、海の巨大水棲生物を吹き飛ばすほどの魔法士だっている。

もともとは『神々の遊び』限定の力。

だが神々とのゲーム対決で勝利することで、使徒はその力を現実世界でも使えるようになる。これが秘境開拓には必要なのだ。

十勝という完全制覇でなくていい。

一勝や二勝するだけでも、神呪(アライズ)の力は少しずつ現実世界で使えるようになる。

「神々は暇つぶしのために『神々の遊び』へ人間を招く。そこで勝利した人間は神呪(アライズ)の力を現実世界でも使えるようになる。秘境を開拓する力をだ……」

互いの利害は一致している。

神々は思うさま遊戯(ゲーム)を楽しむことができ、人間は外の世界を冒険する力を得る。

それが神々の遊び。

人類にとって最高の興業(エンターテインメント)であり、外界に挑む力を得るための場でもある。

ゆえに神秘法院は実質的な世界政府であり、使徒は、世界的英雄として民衆から称(たた)えられている。

「……俺も、『神々の遊び』に専念しようって思ってたんだけど」

半年前。

自分(フェイ)の探していた『あの人』に似た女性を見たという噂(うわさ)を聞くまでは。

〝フェイ、今日も来たのね。よしよし。早速勝負しましょ〟

〝本気で挑んできなさい。それが一番楽しいから〟

炎燈色（ヴァーミリオン）の髪をした「お姉ちゃん」。

フェイが子供の頃に遊んでもらった少女だ。フェイの知るかぎりもっとも遊戯（ゲーム）を愛している人だった。

……あの人のおかげなんだ。

……俺が『神々の遊び』で勝てるのも、あの人にゲームを鍛えられてきたから。

ある日、彼女は突然いなくなった。

だから自分（フェイ）は探しているのだ。

見つけてお礼を言いたい。今の自分があるのはあなたのおかげだと。それだけの思いで神秘法院を飛びだして、半年間も探し続けた。

「……なのに、何で思い出せないんだろうな」

あの時の「お姉ちゃん」の名前をフェイは知らない。

一緒に遊んでいたはずなのに。

名前だけではなく、顔立ちも朧気（おぼろげ）で思いだせない。唯一、彼女の髪だけが炎燈色（ヴァーミリオン）だったと記憶している。

竜神レオレーシェとまったく同じ色。

そして無類の遊戯(ゲーム)好き。まさかと一瞬頭を過(よぎ)ったのも事実だ。

……でも違うんだ。

……それならレーシェが俺を覚えていなきゃおかしいし。

何より彼女(レーシェ)は一年前に「発掘」されたばかり。

フェイが『お姉ちゃん』と遊んでいたのは何年も前のことで、当時のレーシェは永久氷壁の中で眠っていた。

人違いならぬ神違い。

「……ほんと不思議だよな」

寝っ転がりながら、思わず苦笑い。

「ここに戻ってくるなり、そんな元神さまに、神々の遊びに誘われるだなんて」

深夜一時。

とっくに就寝時間のはずだが眠気がない。頭から彼女(レーシェ)の顔が離れない。憧れの「お姉ちゃん」と似た神さまの面影が。

「いや、レーシェは別人っていうか別神なんだ。わかってる。動揺するのは今日までだ。明日から冷静に接しないと」

「わたしがどうしたの？」

「いや、そりゃもちろん――――レーシェ!?　ちょっと待てどうして!?」

弾かれたように飛び上がる。

寝転んでいたフェイを興味津々に見下ろしていたのは、鮮やかな炎燈色の髪の少女だった。昼間と変わらないタンクトップ姿である。

なぜここに？

ここは自分の部屋で、扉も施錠していたはず。

「事務長が合鍵くれたの。」

「俺のプライバシーはどこへ消えたのかな事務長!?」

「さ、夜のゲームタイムよ」

「……はい？」

「出発！」

「っておいぃぃぃぃぃぃっっっっ!?」

手を掴まれた。

そう思った直後には、フェイはリビングの窓から外に投げ出されていた。寮の三階から、一階の外庭へ真っ逆さまに落下。

「ぐっ!?」

地面を転がりながら着地。

フェイの神呪(アライズ)は『超人』に属する。その恩恵によるわずかな身体能力の向上がなければ全身骨折は免れなかっただろう。

「何する気……え？」

外庭に着地したフェイの目の前に――

竜の頭部を象(かたど)った巨大な石像。それも高さ五メートルにおよぶ古代遺産がポツンと置かれているではないか。

霊的上位世界に続く扉『巨神像』が。

古代魔法文明の遺産。

この石像の扉をくぐることで、霊的上位世界「神々の遊び場(エレメンツ)」に突入(ダイヴ)できる。

「……どうしてここに。神秘法院のダイヴセンターが保管してるはずじゃ」

「そっから運んできたの。わたしが背負って」

「泥棒だ!?」

ちなみに何キロどころではない。何トンという単位の重さである。

フェイよりも小柄で華奢(きゃしゃ)な女の子が、高さ五メートルの石像をどうやって背負ってきたのか気になるところだが。

「ダイヴセンターの巨神像、まわりに警備員がわりの使徒がいたと思うけど」

「優しく説明したよ」

可愛(かわい)らしくウィンクしてみせる元神さま。

「『邪魔するなお前たち』って言っただけでみんなどいてくれたから」

「優しい要素はどこかな!?」

「借りただけだもん。ちょうど今から入れる巨神像が残ってたの。よかったね」

竜の頭部を模した石像、その口の奥が輝いている。

この先の霊的上位世界で、神々が「遊ぼう」と誘ってきている合図である。

「昼間にキミは言ってたよね。神々の遊びに挑むならチーム練習をしっかりしようって。互いを理解したり息を合わせたり」

「……そうだけど」

「そこでわたしは考えた！　その練習を本番でやっちゃえばいいんだって！」

「それは練習とは呼ばな——」

「もう待ちきれないよ！」

炎燈色(ヴァーミリオン)の髪の少女が、手を差しだした。

興奮で可愛らしく朱に染まった頬(ほお)。

フェイが無意識のうちに息を止めて見入るほどの、満面の笑顔で——

「わたしはずっと、キミみたいな人間を待ってたんだから!」

レーシェに手を掴(つか)まれて。

フェイは、光り輝く竜像の口のなかへと飛びこんだ。

Chapter

Player.2　VS巨神タイタン　—神ごっこ—

God's Game We Play

1

高位なる神々が招く「神々の遊び」。
その全容は、はるか古代の魔法文明より次のように定められている。

神々の遊び七箇条(ルール)。
ルール1——神々から神呪(アライズ)を受けたヒトは、使徒となる。
ルール2——神呪(アライズ)を授かった者は超人型・魔法士型どちらかの力を得て、神々との知略戦(ゲーム)に挑むことができる。
ルール3——神々の遊びは、すべて霊的上位世界『神々の遊び場(エレメンツ)』で行われる。
ルール4——神呪(アライズ)の力は、『神々の遊び場(エレメンツ)』でしか発揮できない。
ルール5——ただし神々の遊びで勝利したご褒美に、神呪(アライズ)の力の一部を現実世界で使えるようになる。
勝利すればするほど、現実世界で開放できる力も増大していく。

ルール6——合計3回の敗北で挑戦権を失う。
ルール7——神に10回勝利することで完全攻略となる。
完全攻略——10勝することで、『神の栄光』が与えられる。

神さまは気まぐれだ。

どんな遊戯になるかは、招いた神の気分次第。

たとえ同じ遊戯でも難易度は毎回変わる。いつゲームが始まるかも、どれだけ時間がかかるかも神次第。

「レーシェ？　おいレーシェってば！」

光の路。

わずか数メートルしかない光り輝くトンネルの中で、フェイは小さく嘆息した。

レーシェがいない。

はしゃぎすぎて、もう光の路を抜けた先に行ってしまったらしい。

……実はまだ引き返せるんだよな。

……この路を歩ききるまでは、人間の物理世界に戻ることができるけど。

そんな選択肢は、どうやら最初から与えられていないらしい。

レーシェが先で待っている。

「……楽しそうだったもんな。ほんと、スキップしながら走ってたし」

苦笑を隠すように息を吐く。

とどのつまり――

似たもの同士なのだ、自分たちは。

神さまとの頭脳戦が楽しくてたまらない。どんな勝負が待っているか想像するだけでわくわくする。

「上等だ」

拳を握りしめる。

とくん、とくんと胸の鼓動が高まっていくのを感じながら。

「俺だって、このために戻ってきたんだから！」

フェイは神々の待つ世界に飛びこんだ。

——神々の遊び場（エレメンツ）「ルイン幻影」

VS『大地の賢神』タイタン

ゲーム、開始。

2

霊的上位世界『神々の遊び場』。

ここは、主となる神ごとに千差万別に姿を変える。巨神像から突入したフェイがたどり着いた先は——

「あれ？」

見覚えある秘蹟都市ルイン。

今朝、フェイが神秘法院まで歩いてきた時のビル街がそっくり広がっていた。

「ここってもう神々の遊び場のはずだけど……？」

「フェイ、こっちこっち！」

声は、街の広場から。

炎燈色の髪をなびかせてレーシェが手招きしてきた。

「わたし待ちきれないよ！　ねえねえ、どんなゲームになると思う？」

「俺だってわかんないよ。レーシェこそ元々は神さまだし、ここにいる神さまと顔なじみだったりしないのか？」

「全然」

少女があっさりと首を横にふる。

「人間は『神々』ってまとめてるけど全然違うよ。猫とクジラを『動物』って一括り(ひとくく)りにしても、それって全然違うでしょ」

「じゃあ仲間ってわけじゃないんだ?」

「うん。ここにいる神も、わたしのこと知らないと思う」

レーシェは「当然でしょ」という口ぶりだが、人間(フェイ)側はそうではない。神自身から神々のことを語られる機会が無いからだ。

この話も、神秘法院の研究者なら血眼で食いつく情報に違いない。

……この一年、誰もレーシェに聞かなかったんだろうな。近づくのを怖がって。

……そりゃレーシェも寂しくなるか。

その反動ゆえだろう。

今のレーシェは、始まる前から目を輝かせている。

「ああそうだ。レーシェ、ここってもう『神々の遊び場(エレメンツ)』で間違いないよな?」

ビル群を見まわした。

夕暮れ時――

銀色に輝くビルや交差点、信号機の絶妙な汚れ具合など。フェイが今朝方に歩いてきた街並みが完璧に再現されている。

「神さまの住処(すみか)が、なんで人間の都市なんだろ?」

「うーん……わたしも他の神が何を考えてるのか知らないのよね。ほら、あそこに人間が集まってるから行ってみようよ」

レーシェが指さしたのは広場の中心部だ。

全部で十六人。これで一つのチームだろう。儀礼衣を着た使徒たちがフェイに気づいて一斉にふり向いた。

「フェイ？」

「アイツが⁉　どうしてここに……⁉」

ざわめきだす。

昨年を代表する新入り(ルーキー)が突然に参加してきたのだ。驚かれるのも無理はない。

「フェイどうしたの⁉　休職したって聞いてたわよ！」

「あ、どうもアスタさん、ご無沙汰です。実はつい昼間に戻ってきたところで」

顔なじみの女使徒に、小さく会釈。

アスタ・カナリアル――

フェイの三期上。今年ちょうど二十になる長髪の女使徒だ。過去の「神々の遊び」で、二回ほど同じ遊び(ゲーム)に居合わせた仲である。

「え、戻ってきたばかりでもう参戦ってわけ？　リハビリは？　いくらアンタだって休暇を挟んだら勘も鈍るわよ」

「いや、俺もそのつもりだったんですけど、引っ張られてきて……」

「よろしくねお前たち」

フェイの後ろからレーシェが登場。

その途端、まわりの使徒が一斉に悲鳴を上げて後ずさった。

「竜神様⁉」

「レ、レオレーシェ様⁉　ど、どどどうしてここに！」

「わたしも参加するの。ちゃんと人間側だから安心してよ」

と。その矢先に。


『はいどうもー。ようこそ我が神の遊び場へいらっしゃいましたー』


レーシェの頭上へ。

薄緑色の小物体が、小さな翼を羽ばたかせながら降りてきた。

『我が輩(わはい)、主神タイタン様の領域に暮らす端子精霊(ミイプ)です。名はありませんので端子精霊(ミイプ)とお呼びくださいませ』

神は語らない。

端子精霊(ミイプ)は、そんな神に代わってゲームルールを教えてくれる仲介者だ。

『時刻となりましたのでゲーム参加を打ち切ります。ええと全部で十八名……ん？　あなたは少々毛色が違うようですね』

端子精霊（ミィプ）がレーシェの肩先に留まった。

さすがは神の従者。

たった一目で、人間たちの中からレーシェへの違和感を嗅ぎ取ったらしい。

『あなたは？』

「わたし元神さま。参加していいよね？」

『はい。参加されるなら誰だって大歓迎です。ではお待たせしました。我が神タイタン様のゲームをご紹介します！』

「……どうせ遊闘技（バトルゲーム）だろう？」

使徒の隊長が、薄型の機械端末を取りだした。

——内蔵アプリケーション「百科神書（ビブリオ）」。

世界中の人間が挑み続けてきた「神々の遊び」の、その情報を神秘法院が集約してきたデータブックである。

「巨神タイタンは、過去のデータ上はすべて遊闘技（バトルゲーム）だ。我々十八人でタイタンを打ち倒せば勝ち。そうだな？」

バトルゲームは、神々の遊びでもっとも比率の高い遊戯（ゲーム）の一つだ。

言ってしまえば大乱闘。

すなわち、ヒトと神の取っ組み合いである。

神呪(アライズ)という力を与えられてはいるものの、使徒と神々の力はまさしく天地の開きがある。

そこで「神が膝をついたらヒトの勝利」「神をひっくり返せばヒトの勝利」など神々ごとにルールが制定される。

「巨神タイタン……ええと隊長のいうとおり記録があります！」

少女の使徒が、百科神書(ビブリオ)データを引き出して。

「こ、これですね！　最新三十年の遭遇数は世界統計で二十三。勝率は……わたしたちの人数なら十四パーセントと統計が出ています」

神々の遊びにおける人間側の勝率は十三パーセント前後。

巨神タイタン――

ゲーム内容も勝率も、まさしく標準的な神だ。

「好都合ですよ隊長。だって遊闘技(バトルゲーム)なら、こっちは竜神レオレーシェ様がいます。神さまが味方をしてくれるなら」

『いいえ』

端子精霊(ミイプ)の一声が、少女の言葉をピシャリと斬りすてた。

『我が主神タイタン様は、遊闘技(バトルゲーム)はもう飽きたと仰(おっしゃ)いました』

「……え？」

『では改めてご説明しましょう――』

『遊戯は「神ごっこ」です！』

……何それ？

静まりかえる広場の十八人。

使徒たちもそうだが、フェイもレーシェも同じ心境だ。神ごっこ。そんなゲームは聞いたことがない。

『では楽しんで下さいませ』

「なっ⁉ ま、待ってくれ。タイタンといえば遊闘技だったはず……」

『我が主神は、別のゲームがしたくなったそうです』

「……何だとっ⁉」

百科神書を手にした隊長が、青ざめた。

神々は気まぐれである。

百年におよぶ神秘法院の統計もあっさりと覆してしまうのだが、まさかこのタイミングで神が気まぐれを起こすとは。

『はい、他にご質問などは？』

「じゃあ俺から。それって要するに鬼ごっこであってるか？」

端子精霊（ミイプ）に向けて、フェイはまわりの景色を指さした。

秘蹟（ひせき）都市ルインの街並み。ゴミ一つなく整備された街路と、規則ただしく並ぶビル群がそこにある。

……何となく見えてきた。

……この道を走りながら、ビル群を鬼ごっこの障害物に利用しろってわけだ。

意味があったのだ。

この霊的上位世界が、人間の都市を模している意味が。

「ビルの並んでる範囲内で、人間側（おれたち）は神（タイタン）から逃げればいい。だから鬼ごっこならぬ神ごっこ」

『まさしくその通りです』

端子精霊（ミイプ）が地平線を指さした。

青い光のカーテンが、まるで結界のように区画を仕切っている。

『今回のゲームの広さは有限。あの光より外に出ることはできません。正四角形のフィールドとなっていますので、その範囲内でタイタン様から逃げてください』

「了解、おおむね理解できた」

ただしここからだ。

真に解かねばならないルールはその先にある。

「これが鬼ごっこのアレンジなら、全員が捕まったら負け？」

『――――』

ニコッ、と。

使徒たちの視線が集中するなかで、端子精霊が楽しげに笑った。

『それも敗北条件の一つですねぇ』

「っ！」

精霊の返事に対する人間側の反応は、二パターン。

ぽかんと目を丸くした様子の使徒たち。対するフェイとレーシェは、同時に口を閉じて思案の表情へ。

「んー。なるほど？」

レーシェが不敵な笑みを浮かべて腕組み。

「全滅以外に敗北条件がある。それって捕まらなくても負ける時があるってことよね。フェイ、何かわかった？」

「いやまだ全然」

レーシェの問いに、フェイは素直に首を横にふった。

この『神ごっこ』は、巨神タイタンから捕まらないように逃げるだけ。要するに誰でも知っている鬼ごっこのルールだ。

……ただし敗北条件が不穏だな。

……鬼ごっこで「捕まらなくても敗北する」場合がある？　そんなのあるか？

逃げきっても負けることがある。

裏返せば——

「俺たちの勝利条件も、そう単純じゃなさそうだな」

宙を漂う端子精霊（ミイプ）を見上げる。

「勝つために逃げる。でもそれだけじゃ足りないんだろ？」

『はい。くり返しますが、この「神ごっこ」は逃げ続けることが勝利に繋（つな）がります。でも無事に逃げても負けることがあります』

うんうんと頷（うなず）く端子精霊（ミイプ）。

『あとタイタン様はお優しいので、ゲーム開始時、皆さんに三百秒の逃走猶予を与えると仰（おっしゃ）っていました。その間に遠くへ…………おや？』

轟（ごう）ッという地鳴りが大地をふるわせた。

続けざまにズンッ、ズンッと巨大な足音が近づいてくる。

『あれ？　まだ説明途中ではありますが』

端子精霊（ミイプ）がふり返った先で。

二十階建ての高層ビルの間から、全身が岩でできた溶岩色の巨人が顔を覗かせた。
巨神タイタン。
フェイも実物を見るのは初めてだ。
『もうタイタン様が待ちきれないそうです。逃走猶予は無しで！　はいスタート！』
「ちょっと待てぇぇぇぇ!?」
フェイとレーシェを含む、すべての使徒たちの悲鳴が上がった。
直後。
巨神タイタンの振り上げた豪腕が、鋼鉄の高層ビルを粉々に粉砕した。
それが合図——

VS巨神タイタン。
ゲーム内容『神ごっこ』。
【勝利条件】????
【敗北条件1】全員が神に捕まること
【敗北条件2】?????（逃げきっても敗北する場合がある）

遊戯、開始。

巨神タイタンの拳に砕かれて――

ビルの外壁が、何千何万という鋼の弾丸と化して降ってきた。

「きゃあっ!?」

「防御しろ！　瓦礫に潰されるぞ、急げ！」

悲鳴と怒号がこだまする。

真っ先に動いたのは「超人」の神呪を宿した使徒たちだ。人間離れした反応速度と脚力で、落下してくる瓦礫を蹴り落とす。

続いて「魔法士」の神呪を宿した使徒たちも。

「コノハ、キルギス。結界を急げ！」

「た、直ちに！」

「発動します！」

風の魔法士と重力の魔法士。

フェイと同年代であろう男女の使徒二人が、空に向かって両手を突きだした。

ボンッと大気が破裂。

嵐のような烈風が噴き上がるや、空からの瓦礫を破壊していく。

これが神呪。神々との勝負にあたって必要不可欠となる力だ。集結すれば、遊闘技を好む神々とも十分に戦うことができる。

だがフェイだけは、悪い意味でその例外だ。

「……やばっ！」

冷たい汗が滴り落ちていくなかで、フェイは全速力で跳び退(の)いた。

フェイの神呪(アライズ)は荒事には向いていない。

超人のような身体能力はないし、魔法士のように瓦礫を受けとめることもできない。

「離れろレーシェ、ここは危な——」

「なにが？」

炎燈色(ヴァーミリオン)の髪の少女がのほほんと振り返った。

そんなレーシェが無造作に放った裏拳が、降ってきた瓦礫を木(こ)っ端微塵(ぱみじん)に砕いた。

大気が破裂したような、凄(すさ)まじい衝撃波がフェイの肌を撫(な)でていく。

「……あー、いや。何でもないです」

砕かれた破片が地を転がるのを、恐る恐る凝視してみる。

ただ破壊しただけではない。

ビルの破片がチョコレートのようにどろどろと溶けていくではないか。レーシェの拳が触れただけでこの有様である。

……さすが元神さま。

……炎の化身とか自分で言ってただけあるよ。

さらに言うなれば。

レーシェは間違いなく、現実世界でも同じことができるに違いない。ミランダ事務長が怒らせるなといった意味がつくづくよくわかる。

ちなみに、その本人はなぜかニヤニヤ顔で。

「ふぅん？」

「……何だよその怪しい笑み」

「キミってば意外と可愛いとこあるんだなーって。冷静に見えて、そうやって慌てるところもあるのね。しかも今、わたしを心配しちゃった？ わたしにさっきの破片が当たると思って心配したのかな？ かな？」

レーシェが顔を近づけてくる。

何が言いたいのかフェイには理解しがたいが、なんとなく気恥ずかしい。

「……心配無用ってのはわかったよ。とにかく逃げるぞ。まずは鬼ごっこの定番で」

広場を抜けてビル街へ走りだす。

鬼役に捕まらないよう、とにかく遠ざかるのが鬼ごっこの定番だ。

「で。向こうもまだ無事か」

フェイたちの前を走る使徒は十六人。

今のビル崩壊に巻きこまれて一人くらい脱落してもおかしくなかったが、全員が無傷で生き残っているのはさすがである。

……ってか、今のは神にしちゃただの開始の合図だもんな。

……こっからが本番か。

フェイが振りかえる。

それに呼応するかのように、最後尾にいた使徒の一人が叫んだ。

「隊長、タイタンが動きだしました！」

ビルが倒壊。

濛々とたちこめる砂埃の中から、高層ビルにも迫る大きさの岩巨人が飛びだした。

うっすらと輝く眼で、地上の人間たちを凝視。

そして一直線に走りだした。一歩ごとに爆発のような衝撃音が走り、アスファルトの舗装が悲鳴を上げて砕け散っていく。

「は、速っ⁉」

「隊長ダメです。こんなの追いかけっこじゃ超人でも絶対勝てません！　飛行の魔法士が……い、いえそれでも無理です！」

「ここが都市のど真ん中であることを忘れるな！」

隊長が大通りを指さした。

「散れ！　一人一人わかれてビルの陰に紛れろ。奴から見れば我々はアリのようなものだ。アリが草むらに隠れるように逃げればいい」

「はっ！」

散開する使徒たちが、複数のビルめがけて走りだす。

フェイとレーシェもそこに続いて、使徒四人とともに高層ビルの陰へ。

「……はぁ……っ……はぁ……あんな巨人との鬼ごっこなんて。これじゃ魔法士（わたし）の出番ないじゃない！」

フェイの女先輩にあたるアスタが、息を切らせてビルの壁面によりかかる。

彼女の神呪（アライズ）は魔法士型。

超人型と違って身体能力の向上がほとんどない。ここまで走るだけでも一苦労だったことだろう。

「上っ面は鬼ごっこだが、我々がすべきはむしろ『隠れんぼ』か？」

ビル陰から道路を覗（のぞ）くのは男の使徒だ。

フェイは面識がないが超人型だろう。タイタンに追われてここまで走ってきても息一つ乱していない。

「体格差がありすぎて単純な競走は超人型（オレ）でも分が悪い。ビル陰に身を潜めるのが正解だ。いっそこのビルの内部（なか）に隠れるか」

「そ、それですわ副隊長！　裏口から入ってしまえば気づかれません！」

「悪手だ。やめとけアスタ先輩」

「……へ？」

裏口に走ろうとしたアスタが、自慢の金髪をなびかせてふり向いた。

「ど、どうしてよフェイ？」

「ビルに逃げこむのはヤバすぎる。まず危険度が半端じゃないし」

ズンッ……と唸(うな)る足音。

走行から歩行に切り替えたタイタンの足音が、徐々に近づいてきている。フェイからは見えないが、もうかなり近い位置にいるはず。

「神(アイツ)は、俺らが逃げた位置を大まかに認識できてる」

「だからビルの中に隠れるのよ！　そりゃあ……アイツがその気になったらビルを粉砕することもできるけど、どのみち逃げても追いつかれるだけだもん」

見つかれば敗北(つかまる)。

ならば一縷(いちる)の望みを託してビルの内部に逃げこんで、ビルの粉砕に巻き込まれないことを祈ってみよう。

その選択は、確かに通常の鬼ごっこであれば有効だろう。

「くり返すけど悪手なんだよ。それじゃ絶対勝てない」

「どうして!?」

「それは――――っ！　やばい先輩、こっちに走れ！」

「？　どうかしたの？」

立ち止まったままの女使徒（アスタ）。

彼女のすぐ後ろ――巨大な神の顔が、ビルの向こう側から彼女を見下ろしていることにまだ気づいていない。

……こんなに早く見つかった!?

……俺たちの声か臭いか。あるいはその両方か！

悔いる時間はない。

「アスタ、こっちに向かって走れ！　後ろを見るな！」

「え？　どうしたんです副隊長？」

後ろを見るな。

そう言われてふり返らない人間は皆無だろう。副隊長の声に、つい反射的にアスタがふり返る。そして。

「き……きゃぁぁぁぁぁぁぁあっっっっっ――――――……………」

踏み潰された。

タイタンの足に、あまりにあっけなく金髪の女使徒が踏みつけられた。

「アスタ!?」

その場の使徒たちが青ざめた。

何千トンという巨体に踏み潰されたのだ。即死以外にない。

神のゲームにおける『行動不能』＝脱落。

霊的上位世界で受けた傷は、現実には影響しない。そして巨人の足裏では、もうアスタの姿はあるまい。脱落となって現実世界に送り返されたことだろう。

と、思われたが。

「あれ……わたし……？」

潰されたはずのアスタが、罅だらけのアスファルトから起き上がった。

傷一つない。

タイタンの足の下で消えていったはずの彼女が、フェイたちの前で、自分でも信じられなさそうにきょとんとしているのだ。

「……アスタ先輩、生きてます？」

「え、ええ。わたし脱落したはずじゃ――――――い、いやぁぁっっ!?」

異変はその時だ。

踏み潰された使徒アスタの上半身が、ペンキで塗りつぶされたように、みるみる鮮やかな溶岩色に染まり始めたではないか。

巨神タイタンと同じ色に。

「アスタ先輩!?」

「な、何よフェイ！　私の身体どうなってるの。あ、あれ勝手に魔法が!?」

上半身がオレンジ色に塗りつぶされた使徒アスタが、両手をこちらに突きだした。

まさか。

──暴嵐弾（テンペスト）。

アスタの放った風の砲弾が、間一髪でかわしたフェイの真横を抜けて、その場に立っていた使徒を撃ちぬいた。

暴風に突き飛ばされた者たちが、次々とビルの壁に叩きつけられる。

「……ぐっ!?……アスタ……血迷ったか！」

「ち、違うんです副隊長。身体が勝手に動いちゃうんですってば────っ！」

アスタの悲鳴。

彼女の意思はある。だが身体が言うことをきかず魔法が制御できていない。

「本当に『神ごっこ』ってわけか」

仁王立ちのタイタンを見上げて、フェイは奥歯を噛みしめた。

「隠しルール。そりゃ当然用意してるよな。神さまとの知恵比べなんだから！」

そもそも『ごっこ』とは真似るという意味だ。

神ごっこであれば『神を真似る』。この神ごっこゲームでは、神に捕まった者は神の部下となって敵に回る。

――隠しルールその1。

――神に捕まった者は、神の手先となって襲いかかってくる。

将棋という盤ゲームがある。

捕らえた駒は自分の駒に利用できるのだが、それと同じだ。

「レーシェも知ってるだろ。神々の遊びってのは、人間にとっちゃ多人数で挑む方が勝率も高いんだけど」

「今回はそうじゃないみたいね」

レーシェが肩をすくめる仕草。

この『神ごっこ』では、捕まった使徒が脱落とならず敵に回る。

神の勢力がネズミ算式に増えていくこのルールは、多人数で挑むヒトの戦法が見事に逆手に取られたかたちだ。

「ふ、副隊長！　逃げてくださいっ！」

「風の魔法をこっちに連発しながら言うセリフか！……し、しまった⁉」

神の手先となったアスタが再び風魔法を発動。

強風に煽られて副隊長が転倒。そこへタイタンの振り下ろした踵が、逃げ遅れた副隊長をいともたやすく踏み潰す。

やられた。

アスタと同じく、神（タイタン）に触られた副隊長までもが神と同じ色に染まっていく。

それだけだと思っていたが——

「え？」

レーシェが目をみひらくなか、男女の悲鳴がビル街にこだました。

副隊長のみならず、彼の隣にいた部下の使徒二人まで、上半身がみるみる溶岩色に塗りつぶされていくではないか。

「そ……そんな……！」

「どうして、私たち触られてないのに!?」

神（タイタン）に触られたのはアスタと副隊長。

なのに副隊長の傍（そば）にいた二人まで、まるで呪いが移ったかのように連鎖的に「捕まった」という判定が下されたのだ。

……どういうことだ!?

……この二人は神（タイタン）にも副隊長にも触ってなかったのに。

接触判定（タッチ）？

直接触れただけではなく、ある程度の近接距離に近づかれただけでも「神に触られた」

という判定になるのだとしたら――

「フェイ、わたしたちもまずいかも」

「ああ。レーシェも迂闊に近づくな。離れるぞ！」

アスタと副隊長、それに使徒二人。

神側の陣営になってしまった四人に背を向けて、全力でビル街を駆けぬける。

「これで神側が四人か」

「タイタンを入れたら五ね。ってことはもう十四と五でしょ」

人間18VS神1から、人間14VS神5へ。

しかもまだ開始早々だ。

一時間とたたずに使徒の全滅が見える勢いで、戦力が逆転しつつある。

……最初に捕まったのがアスタ先輩ってのも痛いな。

……彼女の風魔法は、足止めには最適だ。

強力な使徒であればあるほど、敵側に回った時の対処が難しい。そしてアスタの風魔法は、今のように捕まえる側になればこの上ない脅威となる。

『――――』

地上を見下ろす巨神タイタン。

フェイとレーシェを見下ろしていたが、突然くるっと明後日の方向に向き直った。

「方向転換した？　わたしたちを狙ってこないつもり？」

「……後回しかな。多分だけど」

神(タイタン)は察したのだろう。

他の使徒とは明らかに違う元神(レーシェ)が参加してきたことに。

「俺たち以外を全滅させれば人間２の神17。その戦力差で襲ってくるつもりで、それまでは配下に任せるって作戦か」

「配下って何よ――――っ⁉」

叫んだのは、既に神側になってしまった女使徒アスタだ。

上半身を溶岩色に塗りつぶされて動きを操られているものの、思考までは束縛されていないらしい。

「だって配下じゃないですか。あとアスタ先輩、下半身は元の色のままなんだ。バランス悪いなぁ」

「うるさ――――い！　なに暢気(のんき)にしてるのよフェイ。さっさと逃げなさいって。私の身体(からだ)、勝手にアンタたちを追いかけていっちゃうんだから！」

「言われなくても逃げますって」

ビル陰を飛びだして、街をまっすぐ東へ。

対する巨神タイタンの進路は逆方向。別の使徒たちを見つけたのだろう、地響きを従えて、その途中にあるビルを次々と破壊しながら進んでいっている。

「……無茶苦茶すぎだろアイツ。鋼鉄のビルが積み木みたいに壊されてる」

「ねえフェイ。わたしたちも意外と危ないかも」

隣を走るレーシェが、歩道をくるんとふり返った。

追いかけてくるアスタを目線で示して。

「あの人間、妙に足が速くない？」

「アスタ先輩の脚力じゃないな。神の配下になった恩恵かも」

フェイの全力疾走でも距離が離れない上に、向かってくるアスタは息一つ乱していない。

体力も無尽蔵なのだろう。

「厄介だな、このままじゃ俺が先に息切れするかも」

「ねえフェイ。わたし良いこと思いついた。この遊戯の裏技」

何を？

目線でそう問うフェイに、レーシェが後ろを指さした。

「あの人間を消滅させるの。原型ないくらい燃やして炭にしちゃえばさすがに脱落するでしょ。神側の数が減るよ」

「怖っ!?」

フェイには思いつかない、まさしく人ならざる発想だ。

確かにレーシェが本気を出せば、たとえ巨神タイタンの配下になった使徒だろうと消し飛ばすことは可能だろう。それは間違いないのだが——

「斬新な裏技だけど、それは無し」

「どうして？」

「アスタ先輩が気の毒すぎるってのもあるし、何より正攻法じゃない」

ふしぎそうなレーシェに。

フェイは、まっすぐ大通りを指さした。

「遊戯（ゲーム）ってのは正攻法で攻略する方が楽しいに決まってる。やるからには本気で挑みたいんだよ。神さまとの知恵比べを、さ」

「ほほう？」

「……何だよ」

「キミらしい返事だなって思ったの。だからいいよ、じゃあそれで！」

レーシェが大きく足を踏み出して、加速。

あまりに早すぎてあっという間にフェイの遙（はる）か先へ。

「フェイ、こっちこっち」

「だから走るの速すぎだって！……あ、レーシェついでに一つ。結局のところアスタ先輩はどういう扱いなんだ？」

神側(タイタン)の追跡はアスタ一人。他の使徒たちの姿はない。

「あの人は操られてるけど、それは神ごっこのルール内。つまり彼女もまだ脱落したわけじゃない。そういう理解であってる？」

「そうね。神々(わたしたち)って、脱落者はすぐに人間世界に放り出すことにしてるから」

「……なるほどね。だとしたら」

走り続けるフェイの脳裏に、一つの可能性が浮かび上がった。

「このゲーム、もう一つルールが隠されてるかもな」

商業ビルの裏へ。レーシェに視線で合図して、フェイは息を殺して物陰に滑りこんだ。

それを追ってアスタが前を通過して――

「え？」

フェイの姿を見失った。

つい数秒前まで前を走っていた人間(フェイ)が、ゴミ置き場の陰に隠れたせいだ。

「ちっと我慢しろよアスタ先輩。せーの！」

「ひゃっ⁉」

物陰からフェイは街角のゴミ箱を放り投げた。

狙い違(たが)わず、ゴミ箱がすぽんとアスタの頭にかぶさって目隠しに。

「言ったたろ。先輩の格好バランス悪すぎって。タイタンと同じ色に染まるにしても、なんで上半身だけなのかな」

「ちょ、ちょっとフェイ何を言って――」

「レーシェ」

「ほい。これで接触(タッチ)成功っと」

「ひゃあんっ!?」

アスタが飛び跳ねた。

それもそのはず。ゴミ箱をかぶせられて目の前が見えない状態で、突然レーシェにお尻を触られたのだから驚くのも無理はない。

「ちょ、ちょっとフェイ! アンタね、いきなり人の頭にゴミ箱をかぶせて――」

「先輩。これでヒト側に復帰だな」

「へ?」

ゴミ箱を放り投げたアスタの上半身から、みるみる溶岩色が剥(は)がれ始めた。

あっという間にいつもの彼女の姿へ。

「え? え?……私、動ける?」

「先輩は神(タイタン)側になったけど脱落扱いじゃなかった。まだ下半身が神側に染まってなかったからな。ってことは人間側に復帰できる隠しルールがあるって予想がつくだろ?」

「っ! そ、そっか!」

アスタが思わず声を上げる。

――隠しルールその2

――神の配下(タイタン)の「人間のままの下半身」を接触(タッチ)することでヒト側に復帰。

接触(タッチ)し返す。

ただし注意点は、「神色に染まった上半身」と「人間のままの下半身」のどちらを接触(タッチ)すればいいのかという点だ。

……アスタ先輩の上半身には接触(タッチ)したらだめだ。

……たぶん俺らが「接触(タッチ)された」判定をされて塗りつぶされる。

神に人が触れたら「捕まえた」。

人から神に触れることができない以上、人間側に復帰させるには人間のままの下半身を接触(タッチ)すればいい。

「とにかく先輩、このルールを他の仲間にも――」

直後。

ビル群の向こうから、巨神タイタンの咆哮(ほうこう)が轟(とどろ)いた。

「やばっ。また俺たちが標的か？」

「あのタイタンの咆吼、喜んでるんじゃない？」

ビル倒壊の砂塵(さじん)を見つめるレーシェ。

その声が楽しげに弾んでいるのは、フェイの錯覚ではないだろう。

「フェイが神(じぶん)の遊戯(ゲーム)を理解してくれたって。勝負しがいのある人間がいる方が、神さまだって楽しいもん」

「それで俺ら狙いか。走るぞレーシェ」

「ちょ、ちょっとフェイ!? 私をおいてく気!?」

「先輩は隠れてて。神(アイツ)は俺ら狙いだし、一緒にいるとまた踏み潰されますよ」

「……了解(アイサー)」

アスタがそそくさとビルの物陰に避難していく。

彼女はしばらく安泰だろう。一方で危機が差し迫っているのは、巨神タイタンに狙いをつけられたフェイたちだ。

……神(アイツ)が俺らを狙うのは大正解だ。

……俺とレーシェがヒト側の復帰条件に気づいた以上、俺らを放っておけない。

神に捕まれば神の配下になる。

しかしフェイとレーシェがいれば、何度でもヒト側に戻ってしまうのだ。

「神(アイツ)視点からすれば、俺たちさえ捕まえれば勝利同然だもんな、そりゃ全力で俺たちを追いかけるわけだ」

「フェイもっと速く。タイタンが近づいてきてるわ」

「これでも頑張ってるよ」

後ろをふり返るレーシェだが、フェイはまともに答える余裕もない。

全力で走っても所詮は人間。高層ビル並の巨体をもつタイタンと単純な追いかけっこで勝てるわけがない。

「タイタンの速さを考えると時速九百キロ以上が望ましいわ」

「……俺にジェット機を追い越せと？」

レーシェは余裕でも自分は違う。

フェイの神呪(アライズ)は、「とにかく死なない」だけで身体能力の向上はほとんどない。単純な徒競走では常人同然だ。

単純な追いかけっこを続ければ、すぐにフェイは捕まるだろう。

今すぐにでも策がいる。

「ビルの合間を縫ってアイツの目をくらませるか？　レーシェなら俺を放っておけば逃げきれそうだけど」

「意味ないわ。逃げてるだけじゃ勝てないもん」

レーシェが首を横にふる。

「端子精霊(ミィプ)が言ってたよね。逃げ続けても敗北する場合があるって。その敗北条件が気になるのよね。そもそも、わたしたちどうすれば勝ちなのかしら？」

そう。この「神ごっこ」最大の謎が、まだ誰も解けていないのだ。

勝利条件がわからない。

まずは神（タイタン）から逃げる。そこから先は？

「勝利条件を見つけるのもゲームの内か……あのタイタンを倒すってのは単なる遊闘技（バトルゲーム）になるから違う。たとえば一定時間逃げきったら勝ち？」

「可能性はあるけど根拠がないわ」

「いつまで逃げきればいいかって指標もないしな。なら――」

ふと気づく。

隣を走るレーシェが、さっきから満面の笑みで自分（フェイ）を見つめていたのだ。

とても、とても幸せそうに。

「えへへー。えへへ、えへへへへへ」

「……なにさ」

「やっぱり思った通りだねぇ」

元神の少女は、ニヤニヤ笑いを隠そうともしなかった。

この笑顔を見てくれと言わんばかりに、走りながらも顔を近づけてきて。

「話が合うのよね。わたしが言いたいことちゃんと伝わってるし、何よりちゃんと本気で遊んでくれてる。たかがゲームで」

「？　当然だろ？　こんな迫力満点のゲームなんだから」

「それが嬉しいのよ。ほら、わたしも元神さまだし。神々の遊びに本気で挑んでくれる人間がいると嬉しいなあって」

遊戯とは楽しむもの――

人間が楽しんでくれたのなら、神さまだってやっぱり嬉しい。レーシェの弾む口ぶりが、はっきりとそう伝えてくる。

「つっても、負けると悔しいから勝ちたいけどな」

「それはもちろんよ」

「人間側の勝利条件も絞りこまないと。そろそろ本気でまずいぞ」

強大な気配がもう近い。

ふり返る必要さえない。フェイの背中にぱらぱらと降りそそぐのは、タイタンが破壊したビルの窓ガラスとコンクリート片の混合物だ。

……あのタイタンにとっちゃ高層ビルもただの障害物競争だな。

……飛び越えるんじゃなくて蹴り砕いてるけど。

邪魔にはなる。

タイタンが巨大すぎるがゆえに、ビルを破壊して進んでこなければフェイたちに近づくことができないからだ。

「このビル街を走ってる間、ちょっとだけ時間稼ぎできるか……あの端子精霊（ミイプ）、ヒト側の敗北条件が複数あるって仄（ほの）めかしてたよな」

整理しよう。

この『神ごっこ』には、三つの勝敗条件と二つの隠しルールが存在する。

【勝利条件】？？？？？
【敗北条件1】全員が捕まること
【敗北条件2】？？？？？（逃げきっても敗北する場合がある）
【隠しルール1】神（タイタン）の攻撃で行動不能になった者は、神（タイタン）の配下となる。
【隠しルール2】神（タイタン）の配下を逆に接触（タッチ）することで、ヒト側に復帰可能。

これ以外のルールがある可能性は？

無論ある。だがここまでゲームが進んだ状況で見つからないのであれば、今は無視して考えるべきだろう。

……厄介なのは当然に敗北条件2だ。

……俺たちが逃げきっても敗北になる場合があるなら、絶対に無視できない。

フェイが思索に集中した、その一瞬で。

「っ！　フェイ屈んで！」

レーシェが独楽のように急旋回。

すらりと伸びた足を跳ね上げて、フェイの脳天めがけ飛んできた瓦礫をボールさながらに蹴り落とした。

「助かったレーシェ、考えさせるヒマは与えないってか！」

数百メートル以上離れた距離からの「狙撃」。

偶然ではない。今の瓦礫は、フェイとレーシェとを狙って遥か遠くから巨神タイタンが投げつけてきたものだ。

「……やるなぁ」

冷や汗が、一筋。

心臓がドクンと早鐘を打つのを自覚しながら、フェイはそう口にしていた。

驚愕で。

「追いつかれるまでもうちょい時間がある。完全にそうタカをくくってたよ。その心理を逆手にとって遠距離狙撃ね。……やっぱ神さまってのは手強いな」

巨神タイタンは、ただ暴れるだけの木偶の坊ではない。

怪力乱神にして蓋世之才。

知と力とを兼ね備えた、まさしく「神々」の座にふさわしい一柱なのだ。

「フェイ、次はどっち？」

「ここを右折……あ、もう一本奥の道か。似たような道が多すぎる」

秘蹟都市ルインは、街路が等間隔で横と縦に走った「碁盤の目」の構造だ。

さらにはビルの配置まで規則正しい。

景観は美しいのだが、どこを見ても似た雰囲気のせいで、いま自分がどの区画にいるのか現在地を錯覚しやすいのだ。

「俺も半年ぶりに戻ってきたばかりだし迷いそうだな……ええとこっちか！」

ビルの裏へ逃げこむ。

陰にまぎれて移動すれば、タイタンからは視認できまい。

……考えろ。俺たちの勝利条件は何だ？

……これだけ知的な神のゲームだし、ルール自体も相当に洗練されてるはず。

ならばヒントも必ずある。

既に自分たちが目にしている可能性が高い。

「ここまでの状況で確実にヒントもあったはずなんだ。見つからないなら、それは俺たちが見逃してる」

考えられる時間は少ない。

もう間もなく、タイタンはあらゆるビルをなぎ倒してフェイたちに追いつくだろう。

靴音。

フェイの耳に、アスファルトを駆（か）ける気配が飛びこんできた。

「なんだ？　この数、いくら何でも多すぎじゃないか？」

胸騒ぎに足を止める。

ツインタワー型の高層ビルを前にして待つこと数秒。その角を曲がって、そこに使徒たちが勢いよく走りこんできた。

「……ウソだろ」

神の配下たち。

上半身を溶岩色に塗りつぶされた使徒たちが、そこにいた。

その数、十五人。

あまりの圧倒的な人数差に、フェイはおろかレーシェさえも苦笑を浮かべている。

……さっき隠れたアスタ先輩の姿だけはないから。

……要するに彼女以外の全員か。

ヒト3VS神16(タイタン含む)。

自分たちが神（タイタン）に追われている間に、神（タイタン）の配下になった副隊長たちが仲間をすべて捕まえていたのだろう。

「レーシェ、力ずくで正面突破はできるか？」

「あの人間たち全部燃やしていい？」

「じゃあ却下(ナシ)だ」

この世界での負傷は、現実世界に影響しない。

レーシェが使徒十五人を消滅させても、彼らは現実世界に戻るだけだろう。

一方で――

フェイが止めたことには別の理由がある。

敗北条件その2が、『神の配下になったヒトを強制的に脱落させた場合』である可能性が捨てきれないからだ。

……使徒が、他の使徒をゲームから意図的に脱落させる『PK(プレイヤーキラー)』。

……それはこのゲームの趣旨にも反するもんな。

それを破った者への天罰として敗北条件(トラップ)が仕込まれてる可能性は、大いにある。

後ろからは巨神タイタンが。

前方には、神の配下になってしまった使徒十五人が。

「すまない……」

奥歯を噛(か)みしめながら、チームをまとめる隊長が苦悶(くもん)の声を滲(にじ)ませた。

「我々は全滅した」

「……ええ。まあ見ればわかります」

「だが諦めてはならない！　君たち二人だけでもどうにか逃げのびてくれ！」

「なら見逃してください」

「足が勝手に動いてしまうのだ！」

使徒たちが突撃してくる。

十五人を相手に前方突破は難しい。

「……こっちだ！」

レーシェに目線で合図するや、フェイは駆けだした。

デパートの一階ホールへ。

「よし、思ったとおり完全再現されてる」

ビルの明かりがついている時点で予想できていたが、ビル内部の設備はすべて現実世界と同じく動いている。

自動ドアはもちろん警報装置、監視カメラもすべて機能する。

「エレベーターの現在位置は地下か。待ってる時間はないから階段だな」

「フェイ、もう人間たちがホールに来てるよ」

「非常階段だ！」

通路の奥にある非常扉を開けて、螺旋状の非常階段をひたすらに駆け上がる。

フェイたちが三階へ。

そして使徒たちも非常階段の一階から、こちらの足音を追いかけて階段を駆け上がってくる……が。

「おっと、その追いかけっこは単調すぎないかしら？」

レーシェが階段の踊り場を思いきり踏みつけた。

みしっ、と響きわたる破壊音。

竜神(レーシェ)の足にこめられた圧倒的な破壊エネルギーが、階段を支える支柱を砕いてみせる。階段の崩壊に巻きこまれて使徒たちが次々と落下。

「稼げるのはせいぜい数十秒よね。人間だって、超人型の使徒ならこれくらい余裕で飛び上がってくるでしょ？」

「だろうな。急ぐぞ！」

非常階段からビルのフロアへ。

複合デパートの三階。

フェイたちが走るのは子供服売り場のコーナーだ。

「『神の配下になる』なんて隠しルールはこの為か。神(タイタン)の巨体がビルに入れなくても、同じ人間なら俺たちを追ってこれる。しかも……」

ずんっ、と超巨大な振動がビルを震わせた。

巨神タイタンがそこまで近づいてきている。到達すれば、このデパートも一撃で破壊されるだろう。

……完全に袋の鼠(ねずみ)だな。

……今すぐビルから脱出しないと、このビルごと吹っ飛ばされる。

だが脱出しようにも階下の使徒たちが妨害しにくるだろう。

ビルの中と外とで完全に挟まれた形だ。

「フェイ、このフロアの奥にもう一つ非常階段があるんじゃない？」

「それも手だな。あとは窓を割ってビルから飛びだすか……」

逃げる選択肢はまだ残っている。

だが、それでは不十分。迫ってくる神(タイタン)から逃げ続けても、勝利条件がわからないままではいずれ詰む。

「ああもうっ！　後ろの連中だけでも厄介なのに、勝利条件(ゲームルール)の謎まで残ってるのか！」

「せめて人手が欲しいわよね。アスタってのも遠いビルに隠れてるし」

レーシェが肩をすくめて微苦笑。

額にかかった炎燈色(ヴァーミリオン)の髪をくるくると指で巻きながら。

「わたしたち以外は全滅同然ね。みんなタイタン側に寝返っちゃったし」

「――――」

そんな呟(つぶや)きめいた一言に。

フェイは、息さえ止めてレーシェにふり向いた。

「………そうか」

「フェイ？　どうかしたの」

「そうだレーシェ。寝返ったんだよ」

神に捕まった使徒たち。

その証（あかし）として、身体（からだ）の半分が神（タイタン）と同色に染められる。

——全容（すべて）を理解した。

二重三重に仕掛けられた神の悪知恵（トリック）。

そこには同時に、勝利に至る提示（ヒント）も隠されていたのだ。

「やっぱりだ。見落としてたのは俺たちの方だったんだよレーシェ！」

「ひゃっ!?」

肩を掴（つか）まれたレーシェがほんの一瞬顔を赤く染めたことに、フェイは気づかない。頭が一杯でそれどころではなかったから。

「レーシェ、この『神ごっこ』は、鬼ごっこと隠れんぼで構成されている」

「……ええ、それで？」

「それが俺たちの最大の錯覚だ」

このゲームが「鬼ごっこ」であるとは、神は一言も言っていない。

「『神ごっこ』は鬼ごっこと隠れんぼ、そこにもう一つ別のゲームが混ざってたんだ。これなら敗北条件が二つあるのも説明できる！」

勝利条件は一つ。

だが敗北条件は二つ。

そんな捻れたルールも、すべて理に適ったゲームだったのだ。

「レーシェ、耳を」

「こ、こうかしら？」

人間の口元に耳を近づける。

そんな慣れない行為に、レーシェがぎこなちさそうにしながら――

「あは、あはははははっ」

突然にその場で噴きだした。

「どうした？」

「キ、キミの息がくすぐったいよ！」

「紛らわしいから!?……まあ、気楽に構えてくれてるのは俺も心強いけど」

「任せなさいって」

ポン、とレーシェの手が自分（フェイ）の肩に触れてきた。

「二手に分かれましょ。階下（した）の使徒（ニンゲン）たちを惹（ひ）きつければいいのね？」

「ああ、きっかり半分ずつだ。こっからは別行動で」

「わたしは外」

「俺は上だ」

頷（うなず）き、二人は弾（はじ）かれたように床を蹴った。

窓ガラスを砕いて外へ飛びだすレーシェ。

迫ってきている使徒は十五人。自分（フェイ）たちが二手に分かれたことを感知して、予想どおり、その半分がレーシェを追ってビルの外へと飛びだした。

「……間に合えよ！」

レーシェを見送る余裕もない。

ビル内に残ったフェイは、奥にある二つ目の非常階段へ。

今こうしている間も、デパートを揺らすタイタンの足音が、過去もっとも近い距離まで迫ってきている。

「使徒たちの半分もだよな。俺を狙って階下（した）から上がってきてるはず……！」

階段を駆（か）け上がる。

そんなフェイの鼓膜に響くのはビルの崩壊音。タイタンが、周囲のビルを立て続けに破壊している。

……レーシェに続いて俺がここを脱出すると予想してか。

……先に逃走先を断っておく。完璧だな。

周囲すべてのビルを破壊し、最後にこのデパートを破壊して絶対勝利（チェックメイト）に至る。

最適解だ。

フェイが神（タイタン）の立場でもそうするであろう、悔しいくらい完璧な手順だ。

「頼む、間に合ってくれよ！　俺もレーシェも！」

あと一手。それでこちらも事足りる。

「だから、ここだ！」

屋上へ――

ぶ厚い扉を蹴り開けて、フェイは強風の吹きすさぶ外へと飛びだした。ここなら使徒たちが登ってくるまで時間を稼げる。

そんな人間（フェイ）の儚（はかな）き願望が。

『――――』

「なっ!?」

待ち構えていた巨神タイタンの眼光に、消し飛んだ。

屋上の高さと、そしてフェイを見つめる巨神タイタンの頭部の位置がほぼ水平。

一人の人間と神の視線が、交叉（こうさ）。

「誘導か！」

神（タイタン）は待っていたのだ。

配下となった使徒を利用して、最後に残った人間（フェイ）をビルの屋上へと誘導させる。それで神（タイタン）自らが確実に仕留めることができる。

屋上はフェイ一人だが、レーシェがどこにいようと関係ない。どこに逃げようとゲームはこれでお終いになるのだから。

神の拳。

巨神タイタンが天に向けて振り上げた拳が、複合デパートビルを千々に破壊。そして人間（フェイ）は、ケシ粒のごとく消し飛んだ。

神ごっこのルールにより、行動不能となった人間は脱落せずに神の配下となる。

これにてゲーム終了——

「全ビル破壊によりゲーム終了。そうだよな？」

『ッッ!?』

神（タイタン）の驚嘆。

吹き飛んだ人間が燃え上がったのだ。

タイタンの見上げる宙（そら）。フェイの肉体が鮮やかな炎に包まれ、そして生まれ変わるよう

に再生していく。

　フェイが、使徒として神から与えられた神呪(アライズ)は。

——超人型、分類(タイプ)「神の寵愛を授かりし(メイ・ユア・ゴッド)」。

擦(かす)り傷から致命傷、悪意、呪い、運命、あらゆる神々の干渉さえ問答無用で消し飛ばして「フェイを復元」する。

　究極の自己再生。

　ゆえに神ごっこのルール上でも行動不能と見なされず、神の配下にならない。

　その不知が、巨神タイタンの最後の計算を狂わせた。

「痛(つ)っ。思いきり殴ってくれやがって。こちとら痛覚はゼロじゃないんだぞ……」

　目にかかる血を手で拭いとる。

　タイタンさえも見上げる天(そら)から、フェイは地上を一望した。この『神ごっこ』の広大なフィールド上で、今すべてのビルが消滅した。

「俺が復活しても3対16で神(じぶん)の勝ちだと思ってるだろ？　逆だ。勝利条件を満たしたのは俺たちなんだよ、神(タイタン)！」

『ッ！』

「答え合わせの時間だ。この神ごっこで最後まで隠されていたゲームは——」

　眼下のタイタンめがけ、フェイは指を突きつけた。

「リバーシ（オセロ）だよ」

神ごっこ——

その名から、鬼ごっこを真っ先に推測した時点で人は心理的罠（わな）にかかっていた。

見つからないよう隠れんぼに徹することが必要だとも錯覚した。

だが本質はさらに別。

「神が追いかけてヒトが逃げる。神の配下が生まれてヒトがそれを救助する。これは明らかに『神先手』の『ヒト後手』で成り立っている」

『——』

「そして配下になった人間の上半身が塗り変わる。すなわち片面が別色にひっくり返る。これが最大のヒントだ」

一、先手後手のターン制。

二、駒が敵側にひっくり返ると同時に、片面だけがその敵色に切り替わる。

この時点で、ほぼ特定できる。リバーシ、オセロなどの愛称で呼ばれる遊戯。

「つまり先手が黒（カミ）で後手が白（ヒト）。ゲーム終了時の互いの駒数で決着がつく。その上で——」

「ゲーム盤って、この街でしょ？」

巨神タイタンが地上を見下ろす。

そこには、燃えるような炎燈色(ヴァーミリオン)の髪をなびかせる少女が立っていた。

「あなたの端子精霊(ミィプ)は優秀ね。まさかあのルール説明がヒントだなんて思わなかったわ。『この遊戯(ゲーム)は正四角形のフィールドとなっています』って」

この都市の構造もまたヒント。

等間隔の縦横で並ぶ街路は、さながら巨大なゲーム盤のマス目そのもの。だからこそ、巨神タイタンはこの街を選んだのだ。

翻(ひるがえ)って——

リバーシの終了は、盤上(フィールド)が埋めつくされて「これ以上遊べなくなった」時。

神ごっこならば、街(フィールド)が壊されて「これ以上遊べなくなった」時。

「だからゲーム終了よ。あとは黒(カミ)と白(ヒト)どちらが多いかで決着よね？」

「……はぁ……はぁ。も、もうフェイってば。先輩を酷使しすぎだってば！」

息を荒らげてやってきたのはアスタだ。

彼女を含めてもまだ白(ヒト)3。タイタンを含めた黒(カミ)16には遠く及ばない。ゲーム終了直前まで絶体絶命だった。が——

「あったんだよ。俺たちが逆転するたった一筋の光明。それは連鎖だ」

白(ヒト)が、大量の黒(カミ)をまとめて挟んでひっくり返す。

大逆転をもたらすリバーシの定石だ。
この『神ごっこ』においても、非常に巧妙ながらそのルールが隠されていた。

〝そ……そんな……！〟

〝どうして、私たち触られてないのに!?〟

アスタと副隊長が神（タイタン）に触れられた時のこと。
副隊長の傍（そば）にいた二人の使徒まで、まるで呪いが移ったかのように「捕まった」という判定が下された。
あの時は、近距離での接触（タッチ）判定かと思われたが。

「リバーシなら説明できる。あの時、アスタ先輩が風の魔法を使って三人の仲間をまとめてビル壁に叩（たた）きつけたよな？　あれは動きを封じるためじゃない。アスタ先輩と神とで挟めるよう一列に並ばせるためだった」

ビル壁に沿って――
黒（カミ）（タイタン）、白（ヒト）、白（ヒト）、白（ヒト）、黒（カミ）（アスタ）の並びが成立。だから副隊長が捕まった時に、一緒に挟まれていた部下たちも黒（カミ）にひっくり返ったのだ。

「同じ手を使わせてもらったわ。フェイが神（タイタン）を引きつけてくれてる間にね」

ぽん、とアスタの肩にレーシェが手を乗せて。

「さっきわたしがデパートの外に飛びだした後、走ったのは、この人間の隠れてるビルに向かうためだったのよね」


〝二手に分かれましょ。お互いに階下(した)の使徒(ニンゲン)たちを惹(ひ)きつければいいのね？〟

〝ああ、きっかり半分ずつだ〟


レーシェを追いかけた使徒は七人。

彼らは知るよしもなかった。レーシェは逃げたのではない。離れて隠れていたアスタと合流するために走っていたのだ。

——それゆえの不意打ち。

レーシェを追う七人めがけてアスタが風魔法を発動。彼らをまとめてビル壁に叩(たた)きつけることで強制的に一列に並ばせる。

白(ヒト)（アスタ）、黒(カミ)、黒(カミ)、黒(カミ)、黒(カミ)、黒(カミ)、黒(カミ)、白(ヒト)（レーシェ）の立ち位置へ。

あとは黒(カミ)の一人に接触(タッチ)するだけ。

アスタとレーシェに挟まれた七人が、連鎖的に白(ヒト)へとひっくり返る。

「だから俺は、それを信じて神(おまえ)をここに惹きつけた」

この時点で白(ヒト)9（内訳：レーシェ、アスタを含む使徒八人）

そして最後の最後、フェイが自己蘇生によって白(ヒト)に復帰したことで勝敗は決した。

白(ヒト)10（内訳：フェイ、レーシェ、アスタを含む使徒八人）。

黒(カミ)9（内訳：神(タイタン)、使徒八人）。

「俺たちの勝ちだ。反論は？」

『………ナイ……』

それが。

人語を語らぬはずの神が、フェイだけにこっそり告げた、不器用な敗北宣言。

空から地上めがけて落下するフェイが神(タイタン)の掌(てのひら)に受けとめられて、そしてレーシェの隣にゆっくり降ろされる。

フェイがふり返った時――

巨神タイタンの姿は、「神々の遊び場(エレメンツ)」のどこからも消えていた。

遊びつくした。

満足しきったとでも、言うように。

VS『大地の賢神』タイタン。

神ごっこゲーム。攻略時間３時間31分にて『勝利』。

【勝利条件】ゲーム終了時点で、白（ヒト）が黒（カミ）の駒数を上回ること

【敗北条件１】全員が捕まること（黒（カミ）をひっくり返す白（ヒト）がいなくなるため）

【敗北条件２】ゲーム終了時点で、黒（カミ）が白（ヒト）の駒数を上回った場合

【隠しルール１】神（タイタン）の攻撃で行動不能になった者は、神の配下になる。

【隠しルール２】神（タイタン）の配下を逆に接触（タッチ）することで、ヒト側に復帰可能。

【隠しルール３】前項１・２の達成時、敵駒を「挟んで」いる場合には連鎖が起きる。

3

タイタン戦翌日――

神秘法院ルイン支部は、朝から活気と興奮に満ちていた。

なにせ神々の遊びで、人類が勝利したのは実に三十五日ぶりである。

ゲームに参加した十八人全員の階位が一つ上がると共に、現実世界で開放できる神呪(アライズ)の力が上がる。

だが何よりも、単純に嬉(うれ)しい。

「ゲームってのは勝てばそれだけで嬉しいものだからね。勝利のご褒美とかは二の次で。神さまに知恵比べで勝利したんだ。神秘法院の職員一人一人だって、みんな飛び跳ねるくらい嬉しいよ。もちろん私も」

「飛び跳ねました？」

「そこはほら、私にも事務長って立場があるからね。まあそれはさておき」

朝陽(あさひ)のさす執務室で。

スーツに身を包んだ事務長ミランダが、背後のモニターに手をやった。

「褒めるべきところは褒めた。さて本題だよ。神秘法院の地下ダイヴセンターの扉を破壊したあげく、警備員だった使徒たちを恐喝し、五つしかない巨神像の一つを勝手に運びだしたことについての話をする？」

「……あー」

ミランダの呆れたまなざしに、フェイは天井を仰ぎ見た。

なるほど。

この早朝から呼びだされたのは、どうやらお小言の為だったらしい。

「レーシェが巨神像を持ちだした件なら、あの後レーシェが返しにいったはずですが」

「そうだけど、無理やりに持ちだしたはずみで石像の一部が壊れてた」

「………………」

「補修維持代だけで、新入り使徒の年間契約金の五十倍くらいかかるんだよね。あれ」

「それは俺のせいじゃな――」

「君が彼女の監視者だ」

「……はい」

「彼女がこうする前に止めるのが君だ。そうだね？」

「詰みじゃないですか」

言い逃れ不可能。

さてどうしろと。不滅の身体をいかして貴重な人体臨床実験にでも参加して弁償しろと。

そんな事を言われる前に逃げようか。

「……ま、そんなお小言はここまでで」

事務長ミランダがふっと表情をゆるめ、そして自分の眼鏡を外してみせた。

上機嫌な時だけ見せる、彼女の裸の双眸。

「久しぶりに楽しい遊戯が見れたのは、まあよかったかなってさ」

モニターを起動。

そこに映しだされたのは、巨神タイタンが、そびえ立つ高層ビルを破壊しながらフェイに迫る光景だ。

「昨日は世界中で高視聴率だよ。この都市だけなら視聴率七十パーセント超。この街にある屋外ビジョンでも、いま昨日の生放送を再放送してる」

「そこまで？」

「大反響だよ。ほら、この窓からも広場の人波が見えるだろう」

神々は、ヒトには見えない霊的存在だ。

ただし神々の遊び場に突入した状態ならば、使徒が持ちこんだ撮影機器も一時的に霊的な力を得ることがわかっている。

「使徒の携行する撮影機のおかげで、私や市民も『神々の遊び』を現実世界で見ることができるし、その戦いを応援することもできる。これも大事なことなんだよ」

使徒は、突入(ダイヴ)時に小型撮影器を携行する。

神々との対決をリアルタイムで世界各都市に放送。この世界娯楽(エンターテインメント)が確立したことで、神秘法院は莫大(ばくだい)な収益を上げている。

「おかげでウチも潤うよ。その収益で新たな使徒を育成したり、外の世界を調査する資金にあてられるわけで」

たとえば巨神像――

物理世界と霊的世界とを繋(つな)ぐあの石像は、現代技術でも再現できない。古代魔法文明の遺跡を探し、そこから発掘するしかないのだ。

その調査にしても、この世界は、都市を一歩外に出れば恐竜(レックス)のような巨大生物が闊歩(かっぽ)する荒野である。強力な調査団を結成する必要がある。

となれば、どうしても資金がいる。

「そんなわけで使徒諸兄には頑張ってもらわないとね。神々の遊びに勝利しないと人類の未来が暗くなる」

「……話が大きすぎません？」

「じゃあ君個人の話でもいいよ」

ミランダ事務長が眼鏡(めがね)をかけ直した。

「レオレーシェ様とのタッグ、どうだったかな」

「どうって？」

「息ぴったりだったじゃないか。急造チームとは思えないくらい連携も取れてたし。特に二人がデパート内外で別れたところとか」

「――――」

「おやどうしたんだい？」

「……正直、俺も自分でびっくりしたんです。なんていうか『凄(すご)いな』って」

どんなに難しい連携も、どんなに複雑な意思疎通(コミュニケーション)も――

彼女(レーシェ)なら合わせてくれる。何なら会話もいらない。目と目を合わせるだけですべて理解してくれる。

こんなにも――

こんなにも意思が通じ合う相手がいたなんて。

「今までお世話になったチームじゃだめだったとか、そんなのは全然ないんですけど……さすが元神さまだなって」

「それはどうだろうね」

「え？」

「元神さまだからじゃない。君とレオレーシェ様だから成立したんだと思うわけだよ。私としてはね」

眼鏡ごしに、ミランダ事務長がいたずらっぽく笑んだ。

「レオレーシェ様はね、君がいない間、ずっと一人で遊んでたんだ」

「一人で？」

「強すぎて相手がいなかったのさ。トランプも囲碁もルーレットも。ま、時々は私や他の使徒もお相手はしてたけどね。てんで歯が立たないし」

「……ああ」

「だからこそそのフェイ君なのさ」

かたや元神さま。

かたや『神々の遊び』で三連勝という、近年最高の記録を打ち立てた新入り。

ピタリと重なり合ったのだ。

互いが互いを求め合う、パズルのピースのように。

「いいチームになると思うよ。神々の遊びの完全制覇っていう君の願いにも一歩近づくことにもなるわけだしね？」

「精一杯やりますよ」

事務長が金色のマスターキーを放り投げた。

それを空中で受けとめて、フェイは力強く断言してみせた。

「そのために戻ってきたんですから」

神秘法院ビル、十七階。

そこの特別顧問室がレーシェの住まいだ。

……って言っても、考えてみりゃ彼女と知り合ったのって昨日なんだよな。

……神(タイタン)との遊戯(ゲーム)のせいで全然そんな気しないけど。

扉を開ける。部屋に入ってすぐの廊下には、昨晩レーシェの履いていた靴がとても雑に脱ぎ捨ててあった。

「レーシェ、いる？」

「んー。ちょっと待って。いま良いところ」

声は、応接間兼リビングから。

昨日の昼間と同じタンクトップ姿のレーシェが、ソファーに座って目の前のモニターにかじりついていた。

巨神タイタンとの『神ごっこ』戦。

「ここね、わたしたちデパートビルに逃げたけど、左に曲がって商店街の袋小路に逃げても良かったと思ったの」

「反省会してたのか？」

「うん。次やる時はこうしようって。考えるだけでワクワクするでしょ？」

無邪気な笑みの元竜神。

我知らずのうちにフェイが見つめてしまうほど、彼女の横顔は澄みきっていた。

「ま、いいや。再放送はここで止めてと」

「いいの？」

「もう四回見たから」

「見過ぎだし⁉」

「だってわたし、初めて『神々の遊び』に挑戦したんだもん。興奮醒めやらないよ」

ソファーの上でくるっとレーシェが向き直った。

「でも、それはお互い様でしょ」

あぐら座りのレーシェが、悪戯（いたずら）っぽくこちらを見上げてくる。

「どう？　久しぶりに神さまと戦ってみた感想は？」

「……そりゃ面白かったよ。久しぶりでドキドキしたし」

神々との知略戦（ゲーム）が楽しくないわけがない。

さらに言うなら、昨日の一戦は、過去三回のどんな神々との遊戯（ゲーム）よりも充実していた。

自分と同じくらい――

いや、自分以上に遊戯（ゲーム）を楽しんでいる元神さまが隣にいたからだ。

……今も昨晩もずっとだぜ？

……こんなにも夢中で楽しそうにしてるんだから。

だからこそ自分も楽しかった。

「――――」

「どうしたの？」

「……これは蛇足っていうか世間話くらいのつもりで聞いてほしいんだけど、昨日さ、他の使徒たち一人も笑ってなかっただろ。ずっと表情強(こわ)ばってた」

「うん」

「使徒にとって神々の遊びってのは遊戯(ゲーム)じゃないんだよ。仕事に近いのかな。スポーツ選手みたいなもんだと思う」

使徒とは、神に挑む英雄でありアイドルだ。

神々の遊びを応援する市民から声援を受けるし、街を歩けばサインを求められる。

ただし現役の間のみ。

三度の敗北で、使徒は、神への挑戦権を失う。

使徒というアイドルの座から転落する。

その喪失感の恐怖は、使徒の誰しもが持っていることだろう。

「負けられないんだよ。みんな必死に努力するし、とんでもない責任感(プレッシャー)と戦ってる。ただ、その裏返しでさ……負けた時にこれは誰のミスだとか責任だとか、言い争いになって、俺はちょっと居心地が悪かった」

そうなりたくない。

自分に遊戯(ゲーム)のすべてを教えてくれた「彼女」から、まったく逆のことを教わったからだ。

〝勝っても負けても、「楽しかったねまたやろう」って言えること〟

〝それがわたしとフェイの、たった一つの約束(ルール)――〟

……負けてもいいじゃないか。

誰かがミスしたって、運が悪かったって、それがゲームというものだろう?

自分(フェイ)はそう教わってきた。

「ゲームで神に挑めるなんて最高だよ。あんな強い相手が他にも沢山いるなんて、考えるだけでワクワクする。まあ……神秘法院じゃ俺の意見は少数派みたいだけど」

勝つために神に挑むのか。

楽しむために神に挑むのか。

フェイと他の使徒たちの、それがもっとも大きな「遊戯(ゲーム)」の違いだと思っていた。

レーシェと出会うまでは。

「――――だけど」

ふっと肩から力を抜いて、フェイは微苦笑を禁じ得なかった。

「昨日は楽しかった。どっかの誰かさんがあんなにはしゃぎまくってたせいで、全然そんな重たい空気なんか感じなかったし」

他の使徒たちは張りつめていただろう。

だがそれ以上に、レーシェがいつも隣ではしゃいでいたのだ。眩しいくらいに。

「……って答えで満足？」

「うん、大満足」

ソファーの上で、レーシェが組んでいた足をすっと伸ばして。

じっとこちらを見上げてきた。

「ねえ。フェイって欲望あるの？」

「……はい？」

「あ、願いの間違いだった。ほらわたしだったら『神に戻る』って願い事があるじゃない。フェイは、なんかそういうの無欲そうなタイプだなぁって」

「あるよ」

「あれ？　なんか意外」

レーシェが目をぱちくりと瞬かせる。

「なになに。教えてよ！」

「そんな期待されるほど大したものじゃないけど……」

「はっ⁉　まさかえっちなお願いね！」

「どうしてそうなった⁉」

「だってキミくらいの年齢の男の子はみんなそうだって。事務長がくれた雑誌にもそう書いてあったもん」

「……神さまへの願いがそんなんだったら悲しすぎるだろ。いや、だから本当に大したことないんだって……その……」

竜神レオレーシェに――

探し人と姿も性格もそっくりな元神さまから、何となく目を背けて。

「……探したい人がいるんだ」

「だれ？」

「俺が、子供の頃にずっとゲームで遊んでもらった人。名前は知らないから『お姉ちゃん』としか呼んでなかった」

遊戯（ゲーム）のすべてを教えてもらった。

幼い頃の自分が何度やっても勝てなくて、朝も夜も挑み続けて、それを嬉（うれ）しそうに笑顔で受け入れてくれた。

〝また遊びましょうね、フェイ〟

ある日、忽然(こつぜん)といなくなった。

また会おうという約束だけを残して。

「……恩師って言うのかな。一言会ってお礼が言いたいんだよ、今の俺があるのは間違いなくその人のおかげだから」

神々の遊びの三連勝も、そう。

フェイが天才だったからではない。何千何万回、その「お姉ちゃん」に負けて鍛えられてきたからだ。

「神々の遊びの完全制覇で『ご褒美』がもらえるっていうなら、俺は願うのは一つきりさ。昔一緒に遊んだその人を見つけてくださいってね」

「ふうん、何だか面白いお願いね」

レーシェが腕組みして何やら思案顔。

「でもフェイ？　その人間って何も手がかりないの？　ゲームが好きって以外に」

「それがさ、俺も名前も知らないし、声とか顔とかも朧気(おぼろげ)なんだ。そうだな、でも唯一はっきり覚えてるのが——……」

そう言いかけて。

――レーシェにそっくりなんだ。炎燈色（ヴァーミリオン）の髪色が。

喉元まで言いかけた言葉が、なぜか出なかった。

「覚えてないの？　まあいいんじゃない、そういう『記憶を戻してください』ってお願いだって一緒にすればいいし」

レーシェがソファーから跳ね起きた。

「だから――」

炎燈色（ヴァーミリオン）の髪の少女が、とっておきの笑顔で手を伸ばしてきた。

「わたしは神に戻るために。キミはその子を探すために。チーム結成だね！」

「ああ、望むところさ」

その指先に。

フェイは、自身も手を出してハイタッチしてみせた。

「俺の全力で挑むって約束するよ。神々の遊びの十階層（すべて）を目指して」

レーシェ

ねえミランダ、聞いて聞いて！

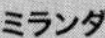

ミランダ

どうしましたレオレーシェ様。いつもより２時間も早起きなんて、何かいいことが？

レーシェ

わたし、あの人間とチームを組むことにしたわ！

ミランダ

それは何よりです。
となればレオレーシェ様、チームを組むからにはフェイ君と息を合わせなくてはいけませんね。

レーシェ

具体的に何するの？　一緒にゲーム？

ミランダ

いえ。コミュニケーションの秘訣は、普段から彼と親密な距離感で過ごすこと。これからは彼と同じベッドで寝て、お風呂も一緒に、何なら――

レーシェ

わかったわ！

ミランダ

ってちょっと待った！？
冗談ですってば冗談！（……あー、これ本気でやりかねないな）

Player.3 ゲームをやめたい脱落者

1

墨染め色が広がる、明け方。

空気も凍るような寒さのなか、秘蹟（ひせき）都市ルインの街もまだ眠ったように静まりかえっている。そんな閑散とした時刻のこと――

ビル七階の執務室で。

「ねー事務長（ミランダ）、わたしフェイと組むことにしたよ」

「それは何よりです。ぜひ神々の遊びの完全攻略（クリア）を目指してください」

「さっそく神々の遊びに突入してくるね」

「ダメです」

「なんでっ⁉」

元神さまの少女レーシェが悲鳴を上げた。

愛らしく整った小顔に、燃えるような炎燈色（ヴァーミリオン）の長髪がよく映える。

「わたしとフェイなら絶対勝てるよ？」

「ええ。レーシェ様とフェイ君が組む以上、間違いなく我が支部の最有力株です」

「だからさっそく神々の遊びに――」

「ダメです」

「なんでっ⁉」

悲鳴再び。

そんなレーシェと事務長(ミランダ)のやりとりを聞きながら。

肝心のフェイはというと、出されたハーブティーをちびちびと口にしつつお菓子のクッキーに手をつけていた。

「フェイ君、お菓子を食べるのはいいけどレーシェ様に説明は？」

「昨晩ずっとしましたよ。二人じゃ無理だって」

フェイとレーシェで組む。

それは良しとしても、神々の遊びは二人だけでは参加できないのだ。

「タイタンの『神ごっこ』もだけど、神々の遊びってのは神VSヒト多数で成り立つルールが設定されてるから。俺ら二人だけじゃゲームの最低人数を満たさないことがあるんだって。だよなレーシェ？」

「じゃあ何人ならいいの？」

「――ってのがレーシェからの質問で。具体的に何人がいいかって数字はミランダ事務長の方が詳しいでしょ。神秘法院の統計データもあるだろうし」

そして今朝。

やる気の漲るレーシェに連れられて、朝から執務室を訪れたというわけだ。

「なるほど確かに、使徒に根拠を求められたのなら事務方としては数字を提示しなくちゃいけないねぇ」

薄い眼鏡レンズの向こうで、切れ長の双眸がふっと微苦笑。

「ただしフェイ君。私のこの服装を見て、何か思うことはないかな?」

「ガウンです」

「そう。寝間着だよ」

濃い葡萄酒色の、いかにも淑女然としたガウンを羽織っているミランダ事務長。

そう告げる本人の目元は、眠そうに閉じかけていた。

「夜勤明けでようやく寝れると思った矢先にね。仮眠室に行こうと思った矢先にね。睡眠不足はすべての女性のお肌の敵なのにね」

「ご、ごめんなさい……」

「過去同じ過ちをした部下は、一月ほどビルの中庭を掃除させる罰だったよ。葉っぱ一つでも落ちてたら全部やり直しの掃除をね」

「あんまりすぎる!?」

「乙女の睡眠時間を荒らした罪は重たいから。次から気をつけるように」

溜息まじりにそう言って、ガウン姿の事務長がカップにそそいだ珈琲を一気に飲み干してみせた。

「さてレーシェ様。現状、神秘法院では二人チームという編成を許可しておりません。理由はフェイ君が話したとおりですが、もっと突きつめて言えば勝率です」

「むぅ……」

「レーシェ様もなんとなくわかるでしょう。神々の遊びでは、これが知略戦だとしても、人間の取るべき最善手は『数にモノを言わせること』です」

神は一体で固定。

対して人間側は、何人が参加してもいい。神にとって、挑んでくる人間が多ければ多いほど賑やかで楽しいことなのだ。

そこを突く。

「神秘法院では一つのチームで『十人以上』を推奨しています。三十年の統計データで、九人以下で神に挑んだ勝率は四%未満。それが十人以上であれば九%に跳ね上がります。二十人なら十一%。人数が多ければ勝率も上がるのです」

「………」

「神という強大な相手から勝ちを拾うには、数を要するものなのです」

頬を膨らませたままレーシェは無言。

その横顔をこっそり盗み見て、フェイはそっと苦笑した。

……釈然としないけど反論できないって表情だな。

……レーシェの性格じゃ、不服があればすぐ口に出してるだろうし。

歪んだ理を翳すなら、レーシェは迷わず力でもってその理を正しにかかるだろう。

だが、そうはなるまい。

フェイから見ても、ミランダ事務長の言葉には説得力がある。

「じゃあ何人ならいいの？　わたしとフェイと、あと何人？」

どうやら考えこむ時の癖らしい。

炎燈色の髪を指にくるくると巻きながら、少女の唇が言葉を紡いだ。

「数には拘らないわ。でもゲームに愛のない人間を入れるくらいならフェイと二人でいい。

その気持ちはいけないことなの？」

「ご尤もです」

静かに頷く、事務長。

「先ほど推奨は十人と申しましたが、三人四人と少しずつ仲間を揃えていけばいいのです。

それまでは人数の足りないチーム同士で同盟を組むのもお勧めです。ね、フェイ君」

「はい？」

突然に名指しされ、きょとんと目を瞬かせた。

「俺が、何か？」

「レーシェ様に良い使徒を見つけてあげるよう頼んだよ」

「それ俺の仕事!?　そういう斡旋をするのが事務の仕事じゃあ……」

「君も探しなよってこと。事務方はしょせん素人だし、報告レポートとかで客観的に優秀な使徒しかわからないんだよ」

いわば批評家目線だ。

プロスポーツにおける選手の評価が、解説者と実際のプロ選手たちで大きく割れることは珍しくない。

「レーシェ様も、神秘法院側が薦める人間より、フェイ君が見つけてきた人間の方が信頼できるでしょう？」

「うん」

「……即答されるのは一抹の寂しさがありますが、まあそういうことです」

話はお終いとばかりに、ミランダ事務長が大あくび。

「じゃあ私は寝るよ。あとはレーシェ様とフェイ君でチームメイト探し。いいメンバーが見つかるといいね？」

2

神秘法院ビル——

息を呑むほど荘厳なビルで、もっとも賑やかなのがここ五階だ。

大食堂とカフェは誰でも利用可能。昼の食事時は大混雑だが、朝十時の今はまだ利用者もほとんどいない。

「ねえフェイ。チームの斡旋ってどこでやってるの？」

「さっき俺の部屋で電子申請しただろ。俺たちがメンバーを募集してるのは他の端末から誰でも確認できる。希望者がいれば連絡が来るよ」

「？　じゃあなんで、こんな場所でじっとしてるの？」

カフェの席で、レーシェが退屈そうに頬杖をつく。

早くわたしの部屋に戻って遊ぼうよ——そう言いたげに見つめてくるのだが、あいにくフェイにもここに来た理由がある。

「廊下の奥、あそこの窓口に事務員がいるだろ。あそこが相談コーナー」

カフェの隅っこに陣取って。

フェイが指さしたのは廊下を挟んで向かいにあるスペースだ。いくつかのソファーと、丸テーブルが用意された簡素なホールがある。

「チームの申請はすべて電子管理されてるけど、結局それじゃ解決できない問題もあって。そういう時には事務員と相談するんだ」

「どんな時に？」

「たとえばチームの仲間と喧嘩しちゃって気まずいとか、入隊したけど思ってたのと違うから脱退を考えてますとか。仲間に相談しにくいけど自分だけじゃ思いきりがつかない時、誰かに話を聞いてもらった方がいいだろ？」

「優柔不断なのね」

「……まあとにかく。俺たちが見張ってるのは、FAの使徒もよくあそこに来るからだよ。要するにチームを探してる使徒のこと」

チームに入ったがすぐに脱退。

次の活動場所を探している使徒が、あの相談窓口によく現れるのだ。

「このカフェで見張ってれば誰か来ないかなってさ。でも運頼みだし、待ってる間に俺も心当たりを探ってみるけど」

「……ふーん？」

テーブルに両肘をつくレーシェ。

「そういえばフェイって半年ぶりにここに戻って来たのよね。それまで入ってたチームもあったんでしょ、私たちそこに入れてもらうのはダメなの？」

「……物理的に不可能」

「？」

「諸事情あって解散したんだよ。色々あってさ……」

レーシェにいつ話そうか。

フェイもちょうど同じことを思い浮かべていたタイミングだ。

「喧嘩したの？」

「いや全然。みんな仲良かったよ」

新人のフェイが加入して、瞬く間に神々の遊びで三連勝。まさに飛ぶ鳥を落とす勢いで急成長したチームだった。

「突然だったよ。俺がチーム部屋に行ったら解散が決まってて……」

「フェイも聞かされてなかったの？」

「ああ。だから俺もこの先どうしようかって途方に暮れたわけ。そんな時にちょうどミランダ事務長から、俺が探してた女性（ひと）が見つかったよって教えてもらって。人捜しついでに気分転換もいいかなってさ」

ならばと都市を飛びだした。

それが半年前、自分（フェイ）が神秘法院を留守にした事情だ。

「残念だけど俺のチームはもう残ってないから、あたるなら知り合いのチームかな」

フェイが取りだしたのは通信機の端末だ。

この神秘法院で、顔なじみの使徒数十人分の連絡先が記録されている。

「この前のアスタさんみたいに、神々の遊びで何度か一緒になった知り合いがいるんだよ。まずは……」

チーム『この世界の嵐の中心（テンペスト・クルーザー）』。

新人だった頃のフェイが二度ほど一緒になったチームだ。当時のフェイの活躍もあり、顔なじみの使徒が揃（そろ）っている。

「あー、もしもし。アシュラン隊長お久しぶりです。俺ですけど覚え――――」

『フェイか!?』

通話機を耳にあてるフェイに、鼓膜が破れそうな大声量が飛んできた。

アシュラン・ハイロールズ隊長。

階位はⅢ、すなわち三体の神々に勝利した二十六歳のベテランだ。どこか間の抜けた性格だが恩義に厚く、フェイが休職する時にも相談に乗ってくれた相手である。

『おいおいおいおい。ようやく連絡を寄こしてきたか！』

「へ？」

『この前の生中継（ストリーム）見たぜ。どこで何してんのかと思ったらちゃっかり神々の遊びに参加してんじゃねえか。しかも所属のないFA（フリーエージェント）でよ！』

さすがの情報収集力だ。

昨日の生中継(ストリーム)を見てすぐに、自分(フェイ)の所属状況を確認したのだろう。

……俺が連絡するのもわかってたのかな。

……相変わらず行動力があるっていうか、やる気十分だなぁ。

手応えあり。

このやり取りだけでも好意的な感触が伝わってくる。

「話が早くて助かります。単刀直入に、隊長のチームに入れていただくことは」

『もちろん大歓迎だっつぅの。お前が入るってんなら今日にでもウチで手続き全部済ませるぜ？　断る理由ないっての』

「レオレーシェっていう元神さまも一緒で」

『ブツッ——現在、この通信回線は使われておりません。通信番号を正しく——』

「あのぉっ!?」

『ちょっと待てフェイ!?　あの竜神も一緒だってのか!?　タイタン戦で一緒にいたのは確かに俺も見てたけどよ』

通信機の向こうで、ごくりと息を呑(の)む気配。

ただならぬ緊張感が伝わってきて。

『竜神レオレーシェな……』

「どうしたんです隊長。急にそんな押し黙って」

『……知ってるかフェイ。その神さま、以前に人間相手に暴れたことがある』

「え？　何ですそれ？」

アシュラン隊長と話しつつも、目線はテーブルを挟んで座るレーシェへ。

耳のいい彼女なら今の会話も聞こえているはず。

「なあレーシェ。アシュラン隊長がこんなこと言ってるけど」

「……さあ何のことかしら」

「隊長。その話詳しく」

『その神さま、普段は可愛(かわい)くて穏やかだってのは神秘法院でも評判なんだが、ほら元々は「神々の遊び」を司(つかさど)ってたわけだろ。尊厳もあるわけで、「神々の遊び」をけなされたら放っておけないわけだ』

「ええ。それで？」

『で、あるチームが廊下でよ、ちょうど神々の遊びで負けてムシャクシャしてたわけよ。酒飲んで酔っ払って「神々の遊びなんてくだらねぇ」って騒いでた。そこに偶然』

「レーシェが通りがかって、怒ったと？」

『使徒二十人が病院送りになった。後に『血染めの神さま』事件と言ってな』

「おいレーシェっ!?」

「ぎくっ!?」

少女が大きく跳びはねた。

炎燈色（ヴァーミリオン）の髪を揺らしつつ、「しまった」と言わんばかりに動揺した表情で後ずさり。

「そ、それはワシが悪いわけではない！」

「嘘（うそ）つけ！　何だその変な言葉遣い！」

「ワ、ワシはただちょっと肩を叩（たた）いてやっただけじゃ。ケガ人などいない！」

罪を否定する少女。

ただし動揺で頭が混乱しているせいか、言語が妙に古くさい。

「――と言ってますけど隊長」

『複雑骨折が八人いたらしいぞ。担架で運ばれていったからな』

「おいレーシェ!?」

「はぅっ!?」

さらにレーシェが後ずさり。

だがフェイの視線に、とうとう諦めたのか大きく項垂（うなだ）れたのだった。

「ついうっかり。霊的上位世界（エレメンツ）と間違えて」

「……このうっかり神め」

うっかり永久氷壁のなかで三千年ほど居眠りした挙げ句、うっかり神に戻れなくなり、そしてうっかり流血事件。

……神々の遊びをバカにされて激昂か。

……もう目を瞑るだけで想像できそうだよな、レーシェの性格からして。

神々の遊びでは死者が出ない。

だが現実世界では違う。レーシェと一緒にいると、彼女を怒らせた時に命の保証はまったくないのだ。

今の事件も、一歩間違えば大惨事になっていただろう。

「ミランダ事務長が、レーシェの相方に俺を選んだ理由も頷けました……」

『悪いなフェイ。見た目はめちゃくちゃ可愛い女の子だし、そんな事情がなければ是非と思うんだが。まあ贅沢を言えばもうちょっと胸が大きい方が良かっ――』

ピキッ。

レーシェの握っていたグラスが音を立ててヒビ割れた。強化セラミック製。そう簡単に砕けないはずのグラスがだ。

「……レーシェ？」

「胸の大きさなんてヒトそれぞれだよね」

少女がにこっと微笑んだ。

「この姿を選んだ時にね、わたし人間の男の好みなんて知らなかったの。容姿を具現化するにしても体型がまっすぐな方が真似しやすかったし。それでいいかなーって思ったんだけど。男は、胸が大きい方が好きなんだね？」

「……いや俺に訊かれても」

「古代魔法文明の時も、神さまのくせに胸が控えめって噂されたのよね。あの時は、怒りのあまり危うく世界を焼きつくすとこだったよ」

「人類滅ぼす気⁉」

「──フェイ」

とても愛らしい笑顔で、レーシェが腕組み。

組んだ両腕で、こぶりな双丘を一生懸命押し上げるように強調して。

「キミは、女の子の胸のサイズなんて気にしないよね？　っていうかわたし、これでもそこそこ有るよね？」

「…………」

「返事は？」

「……は、はい。その通りです」

おかしい。

チームの仲間を探すはずが、なぜ自分は異性の胸のサイズについて冷や汗を流しながら答えなければならないのだろう。

「よろしい」

満足そうに頷(うなず)くレーシェ。

ちなみにだが、逆鱗(げきりん)に触れた本人との通話は既に切れていた。

……アシュラン隊長め、ヤバそうな気配を悟って先に逃げたな。

……後で文句言ってやる。

「さあフェイ。仲間探しの続きよ。条件、わたしより胸の小さい人間であること」

「知るか⁉」

通信機に登録された連絡先を眺めてみる。チームの規模や運営状況、何よりフェイ視点での評価を複合的に足し合わせて。

「レーシェさ、次に連絡するの女の隊長だけどいいよな？」

「わたしより胸が小さかったらいいわ」

「だから俺も知らないよ。………あ、もしもしユウキ隊長？　お元気です？　俺です、フェイですけど、いまお時間ありますか」

『あらフェイじゃない。おひさー』

通信機から返事あり。

フェイの耳に届いたのは、実に色っぽい大人の雰囲気をした女声だ。

『ようやく私とのデートに応えてくれる気になったのね』

「いや全然」

『つれないわねぇ。まあそう言うと思ったわ……ああ、あとタイタン戦の生中継見てたわよ。モニターの前で、私も部下も大はしゃぎしながら観戦してたわ』

「隊長もですか？」

『それが仕事だもん』

クスッ、と大人びた艶笑が伝わってくる。

『神々の遊びに必勝法はないけど解法はあるわ。神々とのプレイを見て、有効な定石を導きだすのも大事でしょ。ウチは優秀なゲーム解析班がいるから、そっちに任せてわたしは楽しく観戦してたけど』

「ユウキ隊長のところはメンバー全員が粒ぞろいですからね」

現役の使徒が十四人、アドバイザーの退役使徒が四人に、ゲーム解析班が四人、育成枠の新入りが今年十人。マネージャーが二人。

指南役が先代隊長。

そこにユウキ隊長を加えて三十六人。

……神々の遊びは、優秀なゲーム解析班を揃えるのが一番大事って言われてる。

……過去のゲーム内容から定石を導きだす役目だから。

タイタンの『神ごっこ』も——

あのゲームは生中継（ストリーム）で世界中が観戦していた。優秀なゲーム解析班（アナリスト）なら、「どうすれば神ごっこを優勢に進められるのか」を早くも議論し始めているに違いない。

他のスタッフもそう。

優秀な指南役（コーチ）やアドバイザーは、いくつものチームから破格の報酬で勧誘（スカウト）される。

「ユウキ隊長のとこ、今年も神秘法院の審査『A』ですよね」

『もちろんよ。あらフェイ、ようやく我が『黒く美しく咲く野薔薇（ブラックローズ）』に興味が出たかしら？ 言っとくけどウチに入りたくても入れない使徒は山ほどいるのよ？』

「俺は？」

『今すぐ席を用意するわ』

即答だった。

『タイタン戦見て、私ひさしぶりに震えちゃった。だってタイタンって今まで例外なく遊闘技（バトル）じゃない。それが「神ごっこ」だなんてね。初見のゲームは解法もないからウチの解析班（アナリスト）も真っ青よ。それをいきなり攻略しちゃうなんて』

「俺だけの手柄じゃないですよ」

『謙虚ね。まあそんなわけでフェイが来てくれるなら歓迎よ。ねえマネージャー、今すぐ部屋に一名分の机とロッカーを注文してちょうだい』

「あ……待ったユウキ隊長。俺だけじゃないんです」

自分の目の前で——

レーシェも、興味津々にこちらの会話に耳を傾けている最中だ。

「もう一人いいですか」

『フェイの推薦？　いいけど誰かしら』

「レオレーシェっていう元神さまです。いま俺の目の前にいるんだけど、真っ赤な髪の毛が特徴でって言うまでもないかな」

『…………』

「あれ？　ユウキ隊長？　隊長ってば」

突然、通信機の向こうの声が静まった。

ユウキ隊長だけではない。彼女の声の奥で聞こえていた賑やかな部下たちの笑い声も、水を打ったように静まりかえったではないか。

「ユウキ隊長？」

そして。

『竜神レオレーシェですって⁉　い、いやぁぁぁぁぁぁぁぁっっ————っ！』

ブツッと切れる通信。

フェイの手元で、通信機は完全に沈黙した。

「あれ切れた？　なあレーシェ、お前の名前を出した途端にユウキ隊長が豹変したってか、悲鳴を上げて通信切っちゃったんだけど」

「…………」

「なんで目を背けるんだ？」

可愛らしい顔の少女が、目のまわりを痙攣させながらそっぽを向く仕草。

そして。

「…………何もしてない」

「何したんだよ⁉」

「ご、ごごご誤解じゃ、ワシは何もしてない！」

「嘘だっ⁉」

そっぽを向く少女の前に回りこむ。

「レーシェお前、さては動揺すると言葉に出るタイプだな。そのいかにも胡散臭い神さま口調になるのが動揺した時だ！」

「そんなことは無いのじゃ！」

「そんなことあるだろ！　ユウキ隊長って名前に聞き覚えあるはずだ。いったい何したのか正直に言ってみろ」

「……う、うぅっ……」

口ごもるレーシェが、しばし視線を宙に漂わせる。

「昔々あるところに――」

「昔話かよ⁉　さも『終わった話です』みたいなノリでごまかす気だな！」

「わ、わかったわよ……」

観念したレーシェが、溜息。

まだフェイとは視線を合わせられないのか、バツの悪そうな表情で。

「ええと……わたしここ半年ヒマだったから、良さそうな使徒を選んで地下のコロセウムで遊んでたの。人間も遊闘技の練習になるでしょ」

「暇つぶしの取っ組み合いか。それで？」

「その最初がユウキって名前だったかなーって。まだ手加減の具合がわからない時だったから、危うく犠牲者が出るところで……」

「心的外傷になってたぞユウキ隊長⁉」

手加減しきれていない神の力を受けて、無事生き残っただけでも表彰ものだ。ただし、傷は癒えても心までは癒えていないらしい。

「で、でもわたしちゃんとお見舞い行ったよ！　お菓子も持っていったし！」

「ほう。それで？」

「悲鳴を上げて気絶したわ」

「さらに心の傷を抉(えぐ)ってどうするんだよ!?」

だめだこれは。

この竜神レーシェは、いわば動物園のライオンなのだ。

眺める分には楽しいが、檻(おり)がなければ近づきたくない。そういう動物アイドルのような認識をされているのだろう。

「……なるほどね。この感じだと、今あるチームをあたるのは厳しいか」

元神(レーシェ)は制御しきれない。

ただしその認識は、フェイからすれば半分正解で半分外れだ。

元神(レーシェ)は人間と遊びたいだけ。人間を理解しようと努めている。彼女の部屋にある大量の本がその証拠なのだが。

「ごめんねフェイ……なんかごめんね……」

「……大丈夫」

珍しく落ちこむレーシエに首をふり、フェイは席から立ち上がった。

「気長に探そう。今あるチームに入れなくても、俺たちでチームを作ればいいから」

「前に言ってたFA(フリーエージェント)っていうの？」

「そそ。新しい加入先を探してる使徒なんて珍しくないし」

神秘法院ルイン支部で、使徒はおよそ千二百人。

毎日のように誰かが加入先を求めてFA宣言し、チーム間で人員のやり取りが行われている。

「その相談先が廊下の向こうだからさ。見張ってれば誰かやってくるかも」

「……ふーん？」

廊下の先をぼんやり見つめるレーシェ。

「ねえフェイ、一応言っておくけど、わたし人数合わせの仲間は欲しくないな。ちゃんとゲームが好きな人間がいいよ」

「俺だって。やっぱりゲームで分かり合える奴じゃなきゃ」

遊戯（ゲーム）がたまらなく好き。

時間を忘れて遊戯に熱中して、没頭して、暇さえあれば常に新しい攻略を考えつく者。

フェイが仲間に求める一番の条件だ。

「……あと、これは割と打算的だけど、もう一個条件があって」

「なに？」

「神々の遊びで使える能力を持ってること。たとえばレーシェさ、魔法士型の使徒が二人いたとする。炎の魔法士と氷の魔法士。二人の力が互角だったらどっち選ぶ？」

「もちろん炎よ！」

「なんで？」

「わたしが炎の神さまだから！」

言うと思った。

レーシェが炎の竜神だから、その親近感で選んだのだろうが。

「ぶー。答えは氷でした」

「なんでぇっ⁉」

レーシェが子供っぽく頬（ほお）を膨らませた。

「そこは炎よ！　だってわたし超強いし！」

「炎はエネルギーで、氷は固体。この違いだよ」

「はい？」

「神々の遊びで、炎の魔法士ってのは遊闘技（バトルゲーム）でしか使いようがないんだよ。要するに、神さまとの取っ組み合い限定で強い力なんだ」

「……じゃあ氷はどうなの？」

「氷ってのは、氷の壁や階段を作ったりできるだろ？　なにせ氷は固体だから」

巨神タイタンでの鬼ごっこで――

氷の魔法士がフェイ側にいたら、ビルとビルとを氷の道で連結させて逃走経路を新たに生みだすこともできただろう。

氷の方が、遊闘技（バトルゲーム）以外でも活躍しやすいのだ。

「応用力がある能力って言えばわかりやすいかな。神さまとのゲームって千差万別だから、便利な能力を持ってる使徒を仲間にしたいわけ」

「……むぅ。まあ納得ね」

腕組みするレーシェが、やれやれと溜息(ためいき)。

「どうせわたしがいれば遊闘技(バトルゲーム)はへっちゃらだし。それなら他のゲームで役に立つ力を持ってる使徒がいいってこと?」

「ああ。そういう使徒は他チームとの取り合いだけど」

「ふぅん? ちなみに、フェイがチームに欲しい能力は何なの?」

「俺がすぐに思いつくのは、たとえばテレポ――」

その瞬間。

頭上で、ブォンッ、と大気が歪(ゆが)む音がした。

続けざまに虹色の『環(わ)』が虚空に出現。ドーナツのようなその輪っかの向こう側から、誰かの足音が聞こえてくる。

今まさに自分(フェイ)が言いかけた能力の――

「空間転移(テレポート)か!?」

「フェイ、そこ危ないよ」

レーシェに引っ張られて二歩後退。

フェイの目の前に、トンと軽い足音を響かせて愛らしい少女が現れた。

光り輝く環(わ)をくぐって現れたのだ。

……転移能力者(テレポーター)！

……まったく姿がなかった。別のフロアから転移してきたのか！

淡い金髪の少女だ。

レーシェよりもいくぶん背は低いが、神秘法院の服ごしにも女性的な発育の良さがうかがえる。おっとりした愛らしい相貌も可愛(かわい)らしい。

そんな少女が、悲しみに暮れた表情を浮かべていた。

「フェイの知ってる子？」

「いや全然。俺たちのこと気づいてなかったみたいだし」

金髪の少女は封書を大事に抱えている。それに必死で、すぐ後ろの自分(フェイ)たちにも気づかないらしい。

そしてまっすぐ相談窓口へ。

「……おや？」

その後ろ姿を見送って、レーシェが物珍しそうに腕組み。

「ねえフェイ、今の空間転移(テレポート)、たぶん下の階から渡ってきたんだよね」

「だとしたら凄(すご)いな。下のフロアからって結構な転移距離があるはずだけど」

「あの子もFAなの？」

「珍しいな。転移系ってかなり便利な能力だし。神々の遊びでも役に立つことが多いから、FA宣言する前にどっかのチームが声をかけるのが普通なんだけど……」

空間転移（テレポート）は、転移系の代表的能力だ。

空間を渡るという能力――

たとえばタイタンの「神ごっこ」でも、その力を持つ仲間がいればビルの内外を自在に行き来して逃走することもできただろう。

「あ、フェイ！　あの子、相談員に声かけてるよ」

「だな。もしチーム探してるってなら、お互いちょうどいいタイミングかも」

後ろから近づいてみる。

金髪の少女はまだフェイたちに気づいてない。握りしめていた封書から三つ折りの紙を取りだして、それを窓口に向かって差しだした。

辞表。

そう書かれた申請書を。

「……パール・ダイアモンド、本日かぎりで引退しますぅ」

「ちょっと待ったぁぁぁっ⁉」

レーシェの掌（てのひら）から放たれた業火が、少女が手にしていた辞表を呑（の）みこんだ。

ぼっ、と一瞬で黒い消し炭に。

「ふぅ。我ながらいい仕事したわ」

「な、ななな、なーにがいい仕事ですか!? 何ですか今の炎、あたしの前髪まで焦げそうだったじゃないですか！」

パールと名乗った金髪の少女が、悲鳴。

「そもそもあたしの辞表を………って……あ、あれ？」

きょとんと目を瞬かせる少女。

レーシェと自分の顔を、穴が空くほど覗きこんで。

「……なんだか、竜神さまと去年の大物新人フェイさんに良く似たお二人ですね」

「似てるっていうか俺らどっちも本人だけど」

「ひゃぁっ!?」

そして飛び跳ねた。

「ごめんなさい！ そんな有名人の方々とは知らず、あたしなんて無礼な真似を！」

「……いや全然無礼でもないけど」

「引退してお詫びしますぅ」

「だから早まるなぁぁっ!? ちょ、ちょっと待った頼むから！」

この世の終わりのように落ちこむ彼女の肩を掴んで、フェイは精一杯声をかけた。

「落ちつけ、俺らはむしろ引退を止めたい側なんだ!」

休職していた自分が言えるセリフではないのだが——

使徒に「自主引退」はありえない。

そもそも使徒が使徒でいられるのは、「神々の遊び」で三敗するまでだ。期間でいえばわずか二年か三年の間だけ。

……たとえアイドルみたいな扱いでも、神々に勝てなきゃ即引退だ。

……一瞬の花火みたいな輝きだって言われてる。

だからこそ市民も、必死になって使徒を応援するのだ。

「三敗した使徒の扱いは『退役』だけど、いま『引退』って言ったよな。ってことはまだ三敗してないんだろ?」

「…………」

「神さまへの挑戦権が残ってるのに、どうして使徒をやめるのかなってさ」

「……言えないです」

金髪の少女がうつむいてしまった。

とはいえフェイたちもチームメイトの募集中だ。すぐさま諦めるわけにはいかない。

「率直に言うと、俺たちFA中の使徒を探してて」

「無理ですぅ」

「せめて話だけでも」

「ごめんなさいぃ」

「ぐっ……じゃ、じゃあほら、そこのカフェでパフェ奢（おご）るから！　それ食べてる間だけでも話の時間をくれないか。って、そんなんじゃダメか」

「いいです」

「いいんだ⁉」

　いかにもこの世の終わりのような暗い表情ながら、パールと名乗った少女は意外と元気に返事したのだった。

3

　パール・ダイアモンド、十六歳。

　神々の遊び一勝一敗（階位Ｉ）。趣味は、栄養満点の創作料理。

　神呪（アライズ）は魔法士型・転移能力者（テレポーター）。その表現が味気ないという理由で、パール自身はこの力を「気まぐれな旅人（ザ・ワンダリング）」と命名。

　そして事実、強力だ。

　階位Ｉの使徒は、現実世界で発揮できる神呪（アライズ）など微々たるもの。空間転移もせいぜい数メートル先に渡るので精一杯。むしろ歩いた方が早い。

……でもパールは違った。

……階位Ⅰなのにビルのフロアを飛び越えて転移してきたんだから。

フェイからみても驚くべき力だ。

そんな有望株の使徒が、なぜ引退を決意したのか――

「事情はわかった気がするよ」

少しは落ち着いたのか、パールはぽつりぽつりと話を聞かせてくれた。

フェイが理解したのは次の通りだ。

「自分の失敗でチームを全滅させてしまった。そんな自分に嫌気が差したと」

「はい……あたし本当にだめだめなんです。失敗ばかりの疫病神(やくびょうがみ)で……あ、この苺(いちご)パフェもう一つ頼んでもいいですか？」

「……どうぞ」

パールがメニュー表を指さす仕草。

さすが趣味が料理というだけあって、どんなに落ちこんでいても何か食べてる時は喋(しゃべ)る元気が出るらしい。

「話を整理すると、神々の遊びでの対戦中に、巨大な神さまに踏み潰されそうになって、その怖さで無意識的に能力を発動させちゃったと。しかもただの転移じゃなくて――」

「位相交換(シフトチェンジ)ですぅ」

「ああ、あれか。応用の幅の広い能力だって聞いてるけど」

「全然ダメなんですってば！」

パール・ダイアモンドの転移能力は二つ。

一つは単純な「転移」で、これはフェイも見たとおり転移環（ワープポータル）によって空間を繋（つな）げて、目的地に移動する力。

二つ目が「位相交換（シフトチェンジ）」。

これは人間Aと人間Bの現在地を入れ替える能力だ。

「神さまに踏まれる直前に『位相交換（シフトチェンジ）』を発動。自分（パール）と隊長の位置を入れ替えてしまったことで、隊長が神さまに踏み潰されてリタイアしたと」

「そうなんです。踏み潰されるって思った瞬間、あたし本当に怖くて……無我夢中で力を発動しちゃって……」

パールは生還できた。

だが不運なことに、その時の対戦ルールが「リーダーを守ること」だったのだ。

そしてチーム全員が敗北。

この結果、合計敗北数が「三」になってしまった使徒が多数退役。「味方殺し」となったパールは、その罪悪感に堪えられずにチームを脱退。

これが経緯だ。

「あたし本当に怖がりだしドジだし、一勝できたのだってチームのおかげですし、みんなに迷惑をかけて居場所がないのも当然だし……」

「一勝ねぇ」

テーブルを挟んで、頬杖をつくレーシェがパールを凝視した。

睨みつけるような鋭いまなざしで。

「神々を舐めてない？」

「は、はいぃ!?」

「本当にドジでお荷物の使徒がいるチームが、神さまとの勝負に勝てるわけないでしょ。神々はそんな甘くない。一勝でもできたのは、そうじゃなかったってこと」

「へ？」

「足手まといなんかじゃなかった。とわたしは思うけど？」

「そ、それは……！」

竜神の言わんとする意味をようやく察して、金髪の少女がハッと顔を上げた。

「パールとか言ったっけ」

「は、はい。レオレーシェ様……」

名指しされて、パールが肩を強ばらせて姿勢を正した。

「ま、いっそ足手まといでもいいわ。神々の遊びはわたしとフェイで何とかするし。数さえ揃(そろ)えばいいの。何なら参加してすぐ脱落してもいい」

「直球にも程がありますぅ!?」

「わたしはウソが嫌い」

「せめてもうちょっと優しくお願いします！」

「そのかわり、たとえ負けても仲間(おまえ)のせいにしない。わたしもフェイも」

「………」

「どう?」

微笑にもどったレーシェが、手を差しだした。

「まずは一回やってみましょ? 今ならなんと無料(タダ)で遊べちゃう。簡単だから。ちょっと試してみればきっと楽しくてやめられなくなるわ」

「それ悪徳商品の押し売りですっ!?」

「むぅ。人間を誘うのはなかなか難しいわねぇ……」

「と、とにかく！」

パールが勢いよく立ち上がった。

「もうあたしは決めたんです。潔く使徒をやめて新しい人生を見つけようって！　だからごめんなさい！」

カフェの壁に向かって走りだす。

壁にぶつかる？　店内の誰もがそう思った瞬間に、壁に光り輝く転移環（ワープポータル）が生まれて、そこからカフェの外へ。

「追いかけようかしら。あ、転移環（ワープポータル）が閉まっちゃった」

閉じてしまった壁を見てレーシェが嘆息。

「うーん。しょうがないから別の子を探そっか。ねえフェイ」

「…………」

「あれフェイ？」

パールが消えた宙（そら）を見つめ、フェイは隣のレーシェに向き直った。

「ちょっと調べよう」

「何を？」

「彼女（パール）の住んでる女子寮の部屋番だよ。引退する気なら部屋も片付けてるはずだし。早めに止めないと」

「へ？」

レーシェがきょとんと瞬（まばた）き。

あの娘は諦めて別を当たろう。そう考えていたところに、フェイの言葉はさぞ意外だったに違いない。

「このまま終わるの勿体（もったい）ない気がするんだ」

「？　あの子の空間転移(テレポート)が便利だから？」

「ここで終わったら彼女、一生ゲームが怖いままだ。そんなの勿体(もったい)ないだろ？」

「……あっ」

ハッと目をみひらくレーシェ。

それから、ほんの少しだけ嬉(うれ)しそうに口元をほころばせて。

「いいよ。その理由ならわたしも賛成」

「だろ？　もう一度だけ引き留めたいなってさ。最後は彼女次第だけど」

小さく頷(うなず)いて、フェイは足早に歩きだした。

4

翌日。

神秘法院の敷地で――

「ねえフェイ、ここの通路でいいの？」

「男子寮と同じなら多分これで合ってる。結局パールの部屋を調べるのに丸一日かかったから急がなきゃな」

レーシェを先頭に、フェイはその後ろをついて歩いていた。

使徒寮は二つ。

フェイたちが歩いているのは、その女子寮である。

昼間だから人影も少ないが、女子専用のビル内を男が歩いているのが不審なのだろう、こちらに振りかえる女子も多い。

「レーシェがいて良かったよ。俺一人で歩いてたら不審者扱いだし」

「ねえフェイ。前から聞きたかったんだけど、なんで使徒寮って男と女のエリアに別れてるの？」

先を行くレーシェがくるりとふり向いた。

後ろ向きでそのまま器用に歩きながら。

「あとトイレとお風呂もだよね。前にわたしが間違って入ったら男の使徒たちがすっごい慌ててたし。なんで？」

「そりゃあ一緒だったらマズイから」

「何がマズイの？」

「…………」

もともと神には性別の概念がない。

見た目はこんなに可愛らしい少女であっても、人間における性別のアレコレは理解しがたいに違いない。

……と思ったけど。

……コイツさては、絶対わかって訊(き)いてきたな。

なぜそう思うか。

炎燈色(ヴァーミリオン)の髪を揺らすレーシェが、思いっきりニヤニヤ顔だからだ。自分(フェイ)がその問いかけに困るのを楽しそうに眺めている。

「ねえねえ何が困るの？　教えてほしーなー」

「絶対わかって訊いてるだろ。破廉恥(はれんち)神め……前向けってば。ぶつかるぞ」

「ぶつからないってば」

歩いてくる少女の使徒を、後ろ向きのままさらりと躱(かわ)すレーシェ。

「へへん？」

「勝ちほこるより急ぐぞ。パールを引き留めにいくんだから」

階段を上がって二階へ。

その突きあたりがパールの私室だ。

インターホンを鳴らす。ただしどれだけ待っても返事はない。

居留守か？　それとも。

「ねえフェイ。ドア空いてるよ」

「ん？　鍵かかってないのか？」

レーシェが扉を手で押した。ガチャリと音を立てて、あっさりと扉が開いていく。

施錠されていない。

フェイの脳裏を過ったものは、昨日の「引退」というパールの言葉だ。

「まさか部屋を引き払った後か⁉　おいパール！」

間に合わなかったのか？

もう昨日のうちに神秘法院を出てしまったのかもしれない。

「パール！　俺だ、いないのか⁉」

部屋の中に乗りこんだ。細い廊下を突っ切って部屋の奥へ。

リビングの扉を蹴り開ける。

その先では、金髪の少女がちょうど振り向いたところだった。

「なんだいるじゃん。って、あれ？」

「……な、ななな……⁉」

パールはいた。

ただし着替えの途中だったらしく、下着しかつけていない半裸で。

そして――

パールは着痩せ派だった。

ほんのりと色づいた胸の膨らみは、パールが両手で隠しきれていないどころか溢れそうなほど豊満で、熟した果実のごとく実っているではないか。

「……何ですって!?」

レーシェが目を見開いた。

大きい。

昨日、神秘法院の服を着ていた時も「もしや」と思っていたが、こんなおっとり気弱そうな外見で、なんて見事な発育ぶりだろう。

「……嘘（うそ）でしょう」

レーシェが膝から崩れ落ちた。

そう。

パールの圧倒的な豊満（グラマラス）ボディと、そして自分の胸を見比べながら。

「お、大きいわ。あまりに大きすぎる……そう、これが終末（カタストロフ）なのね。あの胸の谷間に何もかもが呑（の）みこまれてしまうんだわ！」

「あたしの胸になに言ってるんですっ!?」

「その胸の肉を半分寄こせぇぇぇっっ！」

「ひゃぁぁぁ――――っっ!?」

目を血走らせたレーシェに胸を鷲掴（わしづか）みにされて、パールは悲鳴を上げたのだった。

数分後。

「……あたし、普段は扉を開けたりしないんです。玄関の扉なんて転移環（ワープポータル）で出入りできる

から」

部屋のリビングで。

私服に着替えたパールが、おずおずとそう口にした。

「施錠してると思ってずっと確認してなかったんです。部屋の扉がまさか開きっぱなしだったなんて……」

「俺たちが来る前から開きっぱなしだったと？」

「……たぶん半年くらい」

半年間、家の扉が開けっぱなし。

今まで無事に過ごせていた方がむしろ不思議なくらいだ。

「お、おかげでその……見ちゃいましたよね？　あたしの……いろいろ……」

「いやその……」

思いだすだけでフェイも顔が熱くなる。

私服のパールはいかにもおっとり内気型の少女だが、まさか服の下にあれほど刺激的なものを隠していたとは。

「……ごめん」

「い、いいえ、こちらこそ！　扉を開けっぱなしだったのはあたしの不手際ですしぃ！」

パールが顔を赤らめて手を振ってくる。

「あ、でも責任とって一生幸せにしてくださいね」

「どんだけ重い責任だよ⁉」

「冗談ですぅ」

パールがようやく表情をやわらげた。

だがそれもつかの間。すぐに、愛らしい唇から深々と息を吐きだして。

「あたしも去年のデビューでしたから。デビュー早々に大活躍された同期のフェイさんを、本当にすごいなって思ってました。憧れちゃうくらい」

「…………」

「だからこそあたしは不釣り合いだと思うんです。フェイさんもレーシェ様もすごいのに、そのチームに入ってもあたしが足を引っ張っちゃうだけですし……」

弱々しく首を横にふる。

パールが見やったのはリビングの隅だった。引き払うために整理された部屋で、唯一そこに大きな紙袋が並べられている。

「ああこれですか？　神秘法院をやめるので、元チームの人たちにお菓子をもって謝りに行ってきたんです」

自分(パール)のせいで敗北したチーム『華炎光(インフェルノ)』。

仲間の何人かが「三敗」となって退役したという。パールが使徒をやめるキッカケになった事件だ。

一方でフェイが引っかかったのは——

「謝りにいった後？　あのさ、聞きにくいけど、お菓子たくさん残ってないか？」

「……受けとってもらえませんでした」

金髪の少女が、弱々しく俯いた。

「隊長は留守でいなかったんですけど、元チームメイトの皆さんが、お前は隊長に会う資格もないって。……あ、あはは。そうですよね、あたしが謝りにいっても嫌な記憶が蘇るだけですし」

だから紙袋を持ったまま引き返してきた。

このお菓子をどうしよう。そう途方に暮れていたところだったのだ。

「もう潔く……」

「ち——が——————うっ！」

レーシェが吼えた。

座っているのも窮屈と言わんばかりに立ち上がって、金髪の少女を指さした。

「パールと言ったわね！」

「は、はいぃぃぃ⁉」

「呆れちゃうわ。お前もだけど、そのチームの連中も全然ダメよ。ゲームというものをわかってない。これもそうでしょ」

　立ち上がったレーシェが、部屋の隅にあった紙袋を拾い上げた。

　お菓子の箱をじっと見つめて。

「ご機嫌取りにこんなお菓子いらないもん。勝っても負けても楽しかったねまた遊ぼう。

それがゲームでしょ？」

「そ、それは……」

「神々の遊びなんて神が勝って当たり前。負けを一人のせいにするのは違うわ」

「……そ、そう言ってくれるのは嬉(うれ)しいですけど」

　パールが唇を噛(か)みしめる。

　拳を弱々しく握りしめ、何かを考えるように宙(そら)を見上げて。

「で、ですが！　あたしどうしようもないです……」

「汚名返上できるだろ？」

　ソファーに座ったまま、レーシェの言葉にフェイは続けた。

「遊戯(ゲーム)の失敗は遊戯(ゲーム)で償う。そのチーム『華炎光(インフェルノ)』だっけ。みんなが次に神々の遊びに挑む時に、一緒についていくってのは？　そこで活躍すればいい」

「む、無理です⁉　そんなのあたし一人じゃ……」

「だから一緒にやろうって誘ってるんだよ」

「っ！」

パールが、今度こそ言葉を失った。

絶望からの閉口ではない。

固く決した「引退」の決意に、初めて迷いが生まれたゆえの躊躇(ためら)いで、だ。

「俺たち三人で、お前の元チームを手助けする。それならできそうだろ？」

「……で、でも……」

「正直、俺からすれば元チームを不憫(ふびん)だなんて思ってない。レーシェの言うように神々の遊びなんて負けて当然の難易度だ。でも俺が拘(こだわ)ってるのは別。ゲームで負けっぱなしで終わるのなんて悔しいだろってこと」

パール・ダイアモンドは一勝一敗。

一生忘れられない形で敗北を喫したが、しょせんまだ一敗だ。

「反撃(リベンジ)の権利は残ってる。神さまにやり返せる挑戦権が」

「…………」

「一度だけ付き合ってくれ。それ以上は引き留めないから」

「……もう」

金髪の少女が、くすっと苦笑い。

目の端ににじんだ小さなしずくを指先で払って。

「あたし、こんな熱烈な勧誘(スカウト)受けたの初めてです……」

「お互い様だよ。俺らも人手が欲しいんだから持ちつ持たれつってことで」

「……ありがとうございます。じゃあ一回だけ」

転移能力者(テレポーター)の少女は、深々と頭を下げたのだった。

「不肖パール・ダイアモンド、参加させて頂きますね」

5

神々の遊びの、攻略(ダイヴ)システム——

神秘法院ルイン支部には、『神々の遊び』の入り口となる巨神像が五つ保管されている。

竜の頭部をかたどった像。

その扉がいつ開くかは、神さまの気分次第。

ゲーム終了後すぐに再び開く場合もあるし、十年以上開いていない扉もある。

「巨神像が開いたら、それが神さまからの『ゲームをしよう』っていうお招きの合図だ。そうしたら神秘法院から参加チームの募集がかかる」

コツッ。

足音を響かせながら、フェイはレーシェと並んで廊下を歩いていた。

その後ろには、転移能力者(テレポーター)の少女パールの姿もある。

「パールには言うまでもないけどレーシェに一応説明しておくと、巨神像の扉が開いたからって全チームが名乗りを上げるわけじゃない。メンバーが風邪をひいてたり、チームに欠員が出てる場合もある」

「わたしもそれくらい知ってるよ。巨神像が開いた時点で、参加したいチームがそれぞれ名乗り出るんでしょ？」

ビルの七階を歩きながら。

レーシェが指さしたのは、壁に取り付けられた大型モニターだ。

「あと事務長(ミランダ)が言ってたわ。巨神像の扉が開いて大騒ぎなのは使徒だけじゃなくて、神秘法院の運営側も生放送(ストリーム)の準備で大変とか」

「まあね。俺らのタイタン戦も高視聴率だったらしいし」

神々の遊びは世界各地で視聴されている。

ちなみにフェイが神(タイタン)に追いかけ回されていた時、現実世界では人気司会者の実況解説で大いに視聴者が沸いていたという。

史上最高との呼び声高い新人(ルーキー)フェイの復帰と、竜神レオレーシェの電撃参戦。

これで盛り上がらないわけがない。

「俺も噂(うわさ)に聞いた程度だけど、この都市はもちろん世界中が俺たちに注目してるんだとか。

——というわけでお願いに来ました」

「そういうのって、私の返事を待って扉を開けるべきじゃないかなフェイ君？」

フェイが扉を開けた向こう。

執務室の机で電子端末のキーを叩(たた)いていたミランダが、ふぅと溜息(ためいき)。

「用件、さっき送ったのが既読になってたので」

「はいはい。まあ座りなフェイ君、レーシェ様、それに……」

薄い眼鏡(めがね)レンズごしに、事務長が見やったのはフェイの隣にいる金髪の少女だ。

「使徒パール・ダイアモンドさん」

「は、はい……！」

「転移能力者(テレポーター)は貴重だから。どうせ別のチームに移ると思ってたけど、まさかフェイ君のとこに拾われるとはね」

事務長が、微苦笑まじりに立ち上がった。

「さてフェイ君の用件は、パール君の在籍してたチーム『華炎光(インフェルノ)』が、次に攻略(ダイヴ)申請を出した時に教えてほしい……と」

「まあそんな感じです」

「先に言っておくけど、規律違反だよそれ？」

当然、知っている。

チームが協力するには相互の同意が必要だ。今回のように「他チームの動きを一方的に知りたい」と神秘法院に尋ねても答えは返ってこない。

「使徒ってのは実力至上主義だしね。神々の遊びに勝てば勝つほど神秘法院での優遇も、市民からの人気も上がる」

替えの眼鏡（めがね）を取りだす事務長。

眼鏡の丁番（ヒンジ）に指をひっかけて、それをクルクルと器用に回し始める。

「ゆえに足を引っ張ろうとする輩（やから）がいる。これは困ったもんだよね」

神々の遊びに挑んでわざと負ける。

それだけではなく、あえて神が有利になるように立ち回ることで人気の使徒を敗北させ、ライバルチームを蹴落とす者もいる。

法外の対価とともに、そんな裏取引さえ行われる。

「だからこそ攻略（ダイヴ）スケジュールは、信頼のおけるチーム同士の秘密事項なんだよね。チーム間で『神々の遊び』の合同練習とかチーム対抗戦をしたり、親交を深めた上でやりとりするの。事務方からは教えられないよ？　ってのが立場（スタンス）なんだけどねぇ」

「俺らは足引っ張る側じゃなくて、むしろ協力したい側なんで」

「……ふむ」

ミランダ事務長が嘆息。

今にも泣きそうなパールの表情を一瞥（いちべつ）し、苦笑い。

「まあいいや。君らが参加するなら視聴率取れそうだし。教えてあげちゃう」

上機嫌そうに。

今なお指先で眼鏡をくるくると回しながら。

「そのかわり絶対勝つこと。いいねフェイ君？」

6

その数日後――

巨神像の安置場、通称『ダイヴセンター』。十台以上もの放送カメラが並ぶ巨神像の前には、総勢二十二名の使徒が集結していた。

パールの元チーム『華炎光』が十九名。

そしてフェイ、竜神レーシェ、パールの三名。

神々の遊び場での映像を転送する神眼レンズを装着し、攻略まであと三十分。

「フェイさぁぁあん、や、やっぱりあたし無理ですぅ!?」

「大げさだな。ちょっと注目されてるだけだって」

「明らかに睨まれてますってばぁぁぁあああああっっ!?」

元チームメイトからの鋭い視線に、パールの顔は早くも真っ青だ。

待機中から生放送は始まっている。世界中が見ている前だから暴言こそないが、カメラの範囲外でのパールへの眼光は中々に痛いものがある。

「あ、ミランダだー」

「おはようございますレーシェ様」

昇降機(エレベーター)からやってきたのは事務長ミランダだ。

正面スクリーンに表示された生放送(ストリーム)の視聴者数をちらりと流し見て。

「わおっ。ゲーム前から世界同時視聴者数が八十九万人？　とんでもない注目度だねぇ。さすがフェイ君とレオレーシェ様の公式初挑戦。話題性もバッチリじゃない」

「ああそっか。巨神(タイタン)の時は俺ら急参加だったから」

「うん。あの時も高視聴率が取れたけど、今回が君らの初舞台って位置づけだよ」

上機嫌そうに事務長が声を弾ませる。

「ねえパール君。わかってると思うけど、この戦い、全世界が注目してる。頑張ってね」

「あ、あわわっわ……!?」

「気楽にやればいいんだよ。これはゲームだ」

小刻みに震える肩を叩(たた)く。

ふり向く金髪の少女に、フェイは、もう一度その肩を叩いてやった。

「借りは返す。元チームに最高の一勝をプレゼントで」

「……は、はい！」

「時間だよ」

ミランダ事務長の一言に、その場の使徒とカメラが一斉に集中した。

巨神像――

竜の頭部にある口が輝いて、その先に光の扉が形成されている。

「行くぞ」

叫んだのはパールの元チーム『華炎光(インフェルノ)』の隊長だ。号令とともに部下たちが一斉に竜の口へと飛びこんでいく。

「え、ええと巨神像に飛びこむ時には息を止めて――」

「行くわよ!」

「ちょ、ちょっと待ってまだ心の準備がぁぁぁぁっっっ!?」

レーシェに手を掴(つか)まれたパールが、悲鳴を上げながら扉の向こうへ。

「じゃ。フェイ君も頑張って」

「適度にやりますよ。楽しむ範囲で」

ミランダ事務長に頷(うなず)いて、フェイは、光り輝く竜像の口へと飛びこんだ。

次は――

どんな神さまが、どんな遊戯(ゲーム)を仕掛けてくるのか。

そう思いをはせながら。

Chapter

Player.4 VS無限神ウロボロス ―禁断ワード―

God's Game We Play

1

高位なる神々が招く「神々の遊び」。

神々に選ばれたヒトは使徒となり、霊的上位世界「神々の遊び場（エレメンツ）」への行き来が可能になる。

どんな空間で、どんな遊戯（ゲーム）が待っているのか。

すべては神のみぞ知る。

そして――

フェイたちが飛びこんだ先は、空しかなかった。

鮮やかな青のグラデーション。

水平線のように続く空のなか、眼下に広がるのは真っ白い雲海だ。

上半分が真っ青な空。

下半分が真っ白い雲海。

フェイを含む総勢二十二名の使徒は、そんな世界を埋めつくす雲海めがけて何百メートルと自由落下し続けていく。

「な、なんですかこれぇぇぇぇぇっっっ⁉」

ヒユゥゥと唸る風音のなか、パールが思いきり悲鳴を上げた。

「あたしたち落ちていくだけじゃないですか！　空を飛べなかったら失格ってことですか。レーシェさんどうにかできません⁉」

「んー……空に浮かぶことも出来ないわけじゃないけど」

真っ逆さまに落ちていくレーシェが腕組み。

空中でパールにしがみつかれながらも、元神さまの少女は実にのんびりした様子で。

「気になるから落ちるとこまで落ちてみない？　このまま数万メートルくらい落下すれば地面があるかも」

「地面に墜落してぺしゃんこですよ⁉」

「わたし平気だし」

「レーシェさん以外が全滅しますってばぁぁぁ！」

無限に空を落ちていく。

はるか眼下に雲海だけは広がっているが……

「ん？」

フェイが見下ろす真っ白い雲海に、異変が起きた。

轟（ごう）ッ！

空気が破裂するような音を立て、大海原のごとく広がる雲海が噴火したのだ。ぶあつい綿のような雲に大穴が空いて――

その奥に、ゆらゆらと揺らめく黒い影が見えた。

「っ。雲海（くも）の下に何かいる！」

浮上してくる。

とてつもなく巨大な――


雲海を突き破る、一体の超巨大な「龍（りゅう）」が。


「こいつっ⁉」

異様に、いや異常に巨大（でか）い。

はるか高度から自由落下するフェイが見下ろしても全容が見渡せないのだ。陽（ひ）を浴びて、全身が深紫色に照り輝く鱗（うろこ）をもつ龍。

象よりも鯨よりも――

巨神よりも——

自分が過去に見たあらゆる神よりも巨大きい。

「まさか……」

「あれは!?」

フェイの言葉を継いだのは、同じく宙を落下していく使徒だ。パールの元チームメイトである『華炎光』十九人。

その全員が、青ざめた顔で眼下の巨龍を見下ろしていた。

「う、嘘でしょう、こんな大事な時に……」

「ウ・ロ・ボ・ロ・スだ!」

その悲鳴に、フェイさえも全身から冷や汗が噴きだした。

ゾッ、と。

その「神」を見た瞬間に背筋が怖気だったのだ。理屈などない。そこに存在するだけで人間に畏れを感じさせる存在——

……こんなの初めてだ。

……今まで出会ったどの神よりも、圧倒的にぶち抜けてる!

武者震いがとまらない。

「こいつが、あのウロボロスか……!」

無限神ウロボロス。

攻略成功者いまだ0。

過去あらゆる聖人が、超人が、そして遊戯の天才が赤子のごとく為す術なく敗北していった絶望の神。

この神を引いたら敗北以外ありえない。

神秘法院本部から戦う前に「降参」さえ推奨される圧倒的なハズレ枠。それがこの超超巨大な黒龍なのだ。

「………ここでコイツを引くかよ。上等だ」

瞬きも忘れ、フェイは眼下を睨みつけた。

下へ、下へ、下へ。

無限神ウロボロスの泳ぐ雲海へと、導かれるままに落ちていく。

「挑んでやるさ、神の遊戯！」

――神々の遊び場(エレメンツ)「ゼロの大空域」

VS『無限の成長』ウロボロス

ゲーム、開始。

2

無限神ウロボロス。

体長十キロメートル・・・・・・——

この神が登場するまで、人間が挑んだ神の最大全長が約六百メートルであることを考えれば、どれだけ規格外か想像がつくだろう。

こと巨大さにかけては桁が二つ違う。

そして攻略不可能レベルの遊戯(ゲーム)。

過去には総勢百人以上のチームがこの神を「引いて」壊滅した。誰一人、攻略の糸口も見つけられずにだ。

「もうおしまいですぅぅぅぅぅぅぅっっっっ!?」

パールの悲鳴が、真っ青な空に響きわたった。

「万策尽きました。……ああ、こんなあたしを誘ってくれてありがとうございます。フェイさんレーシェさん。そしてごめんなさい」

「さすがに諦めるの早くないか?」

「だ、だってだって！　下を見て下さいってばぁあっ！」

雲海めがけて落下していく二十二名。

そこには巨大な大地——

否。

雲海をおよぐウロボロスの背中が、広大な運動場のごとく広がっている。

「よかった、ちゃんと着地場所がある」

「墜落場所ですよ!? あたしたち、あのウロボロスの背中に落下したとたん跡形なく潰れちゃいますってば！」

落下距離およそ七百メートル。

百階建ての超高層ビルを上回る高さだが、その屋上から飛び降りた人間がどうなるかなど、言うまでもない。

「……たぶん俺は何とかなるか。意識失うけど」

フェイの神呪（アライズ）は「神の寵愛を授かりし（メイ・ユア・ゴッド）」。

超人型に分類されるこの力は、巨神戦（タイタン）でも見せたように「フェイを再生」するものだ。

擦（かす）り傷から致命傷まで、その回復能力に際限はない。

……ぺしゃんこになるけど。

……数秒で意識を取りもどすくらいにはなる。めちゃくちゃ嫌な光景だけど。

レーシェは言うまでもなく無傷だろう。

つまり問題は一人だけなのだ。

「パールも何とかならないか？　お前の空間転移(テレポート)で」

「あ、あたしの空間転移(テレポート)は最大距離が三十メートルで……落下距離を三十メートル縮めてもどうにかできる高さじゃないです！」

なるほど。

これが高さ三十メートルのビルならば、屋上から地面まで空間転移(テレポート)できる。

だが数百メートルもの自由落下では、たとえ三十メートル縮めても墜落の結果は変わらないというわけだ。

「それよりフェイさんは⁉」

「俺はたぶん平気」

「おおっ⁉　ってことはあたしも助けられるわけですね！」

「――――――」

「何で目を背けるんですかぁぁぁぁぁぁっっっ⁉」

「掴(つか)まえた」

そんなパールの襟首を掴んだのはレーシェだ。

「まーったく。人間の身体(からだ)ってホント弱いんだから」

「……レーシェさん！」

「空に浮かぶことくらいはできるって言ったでしょ」

落下しながら器用にパールを背中に担いで、こちらにも手を伸ばしてくる。

「はいフェイも」

「何とかなるのか？」

「要するにゆっくり落ちればいいのよね」

　ふわりと落下速度が緩まった。

　フェイの両足に、見えない手に下から支えられるような感触が。

「念動力(サイキック)？」

「うん。神呪(アライズ)の中でもよくある力でしょ」

　まるで気球が高度を下げるようにゆっくりと。フェイたちは巨大な神の背中に着地した。

　鋼鉄のように硬い鱗(うろこ)の上へ。

「……い、生きた心地がしませんでしたぁ」

　パールがペタンと座りこむ。

　隣に立っているのがフェイで、レーシェは眼下の雲海を愉快そうに眺めている。

「ねえフェイ、この空きっと無限に続いてるのよね」

「俺はむしろ、こんなでっかい神がいることに驚きだよ」

　無限神ウロボロス――

　頭から尻尾の先までが全長十キロ。これは過去に挑んだ使徒が実際に計測した数値で、背中の横幅だけでも三百メートル。

徒競走ができる大きさである。

……あまりにデカすぎて、地面の上に立ってるのと変わらないな。

……全然、神さまの背中に乗ってるって気がしない。

空を漂うウロボロスがまるで動かないため、大地に立っているのと何ら変わらない。

「……あのぉフェイさん？」

恐る恐るパールが立ち上がった。

レーシェと同じように、ウロボロスの背中から雲海を見渡して。

「あたしたち無事に神さまの背中に乗り移れましたよね。これ、あたしたち攻略成功ってことでしょうか……」

「そこは俺も気になってたけど」

高度七百メートルからの不時着は、難易度こそ高いが不可能ではない。

レーシェがやってみせたように超人型の念動力(サイキック)、魔法士型であれば風の魔法で落下速度を緩めることができるだろう。

「まだ序盤も序盤だと思う。カードゲーム、たとえばポーカーで喩(たと)えると――」

「カードを配られたところです？」

「遊戯場(カジノ)のホールに入ったところ」

「まだ始まってもないじゃないですか⁉」

「多分そんなもんだろ。他の神さまなら神秘法院の情報も多いんだけど、ウロボロスは何から何まで謎だらけだし。まずは情報交換かな」

「え？　誰と？」

「向こうと」

フェイが指さしたのは、百メートルほど後方に着地したチーム『華炎光（インフェルノ）』の面々だ。落下時の負傷で何人かがうずくまっているが。

「華炎光（インフェルノ）の皆さんに⁉　え、え、そ、そんなのできる立場じゃ……」

「俺が先頭で行くよ」

「だいじょーぶよ。わたしとフェイが話したげるから」

先頭にフェイ。続くレーシェに背を押されて、パールも怖（お）ず怖（お）ずと歩きだした。

照り輝く巨大な鱗（うろこ）の上を進んで。

「あの、どうも。俺はフェイ。こちらはレーシェって言います」

「…………」

ぎろり、と。

パールの元同僚の使徒たちが振り返った。敵対とまではいかないが、明らかに友好的とは思えない形相でだ。

「さっきは挨拶もできなかったんで、あの、一緒に頑張るわけですし」

「昨年の新入り(ルーキー)フェイ・テオ・フィルスと竜神レオレーシェ様。支部(うち)でいま最も熱い二人だ。こちらとしても協力は願ってもない」

十数名の部下たちの奥で――

背を向けていた隊長格の男が、溜息(ためいき)とともに横顔を向けてきた。

「……久方ぶりだな」

「ごめんなさいぃぃぃっ!?」

「まあまあ。彼女(パール)はワケありで。俺らが誘ったんで、どうかお手柔らかに」

レーシェの後ろに隠れるパールにかわって、フェイは手を横にふってみせた。

……ああ、隊長ってことはこの人か。

……パールが位相交換(シフトチェンジ)を発動させて入れ替わった当人だ。

その結果、神に踏み潰された。

ただフェイにとっての意外は、不愉快さを隠そうとしない部下たちと比べ、隊長自身は苦々しい顔をする程度に留(とど)まっているということだ。

……もしかして隊長本人は、もう過ぎたことだからって半ば納得済みで。

……まだパールを許せないのは部下の方か？

今もこの嫌われようだ。

当時はさぞかし険悪な雰囲気だったに違いない。

「失礼します。ええとオーヴァン隊長？」

「オーヴァン・ミスケッツだ。チーム『華炎光(インフェルノ)』の四代目隊長。これで三年目になる」

歳は三十手前だろう。

彫りの深い目鼻立ちの、厳(いか)めしい形相。十代から二十代前半が多くを占める使徒の中で、最年長格にあたるベテランと言える。

そんな隊長と、そして彼を囲む部下たち。そして――

・・・・・・人数が足りない？

華炎光(インフェルノ)の参加は十九人だったはず。それが隊長を合わせても十五人しかいない。

「四人敗北(リタイア)だ」

フェイが尋ねるより先に、隊長が溜息を吐きだした。

「高度七百メートルからの自由落下。対応できる使徒は私を含めて五人いたが、その五人で救えるのは十五人が限界だった。……結果、墜落に耐えられず三人が脱落して現実世界に戻された」

「それで三人ってことは、あとの一人は？」

「――――アイツらだ」

オーヴァンが指さしたのは眼下の雲海。その雲をじっと見つめていると、一瞬、何かが雲の中から姿を現した。

　雲海に溶けこむような銀色の表皮。

　蛇のようだが、その身体(からだ)には退化したらしき小さな四肢もある。

「な、何ですかあの空飛ぶクジラは!?」

　パールの声が裏返った。

　空を泳ぐ真っ白いクジラ。

　尾びれと胸びれが飛行機のように大きく、空を悠々と泳いでいる。

　雲海を泳ぐのは神(ウロボロス)だけではない。神(ウロボロス)の周りに何百体という巨大モンスターが付き従っていたのだ。

「神秘法院では天空鯨(リヴァイアサン)と呼んでいる。神(ウロボロス)と比べれば小さいが体長十メートル以上、十分なバケモノだな。奴らは人間が神(ウロボロス)の背から転落するのを待っている」

「っていうとまさか……」

「獲物が落ちてきた瞬間、奴らはクジラから獰猛(どうもう)なピラニアに早変わりだ。一人だけ落下位置がずれて雲海に落ちて……後は察しのとおり」

　隊長が、弱々しく首をふってみせる。

「それで計四人が敗北(リタイア)。残りはここにいる十五人だ。他に何か?」

「……いや、大丈夫です」

フェイが言葉を濁してしまうほど華炎光(インフェルノ)のメンバーは表情が暗い。

早くも戦意喪失に近いのだろう。

「……無理だよ。あのウロボロスだなんて」

部下の男がぽつりと呟(つぶや)いた。

高度数百メートルからの落下という試練からも生還し、いよいよ遊戯(ゲーム)も本番とは思えない擦(かす)れた声で。

「最悪だ。よりによってこんなのが……」

「私たちもう二敗だし、あと一回負けたら引退だから悔いのないよう頑張ろうって思ってたのに。よりによって……なんでこんな……！」

涙ぐむ少女まで。

ウロボロスは、神秘法院本部さえ「無条件降参」を認める最悪の神。

諦めて構わない。

たとえ全員がリタイアしようとも、それを咎(とが)める観客もまずいまい。ウロボロスはそれほどまでに絶望的な相手なのだ。

「……皆、顔を上げろ！」

そんな部下たちを鼓舞するように、隊長オーヴァンが手を叩(たた)いてみせた。

「これが配信(ストリーミング)されていることを忘れるな。世界中が我々の戦いに注目している……神(ウロボロス)は確かに凶悪な相手だが、まずは遊戯（ゲーム）の分析だ」

「どうすればいいんですか……」

部下が唇を噛（か）みしめた。

「このとんでもなくでかい神の背中の上で、何をしろっていうんです！」

そう。無限神ウロボロスは語らないのだ。

これはいったいどんな遊戯（ゲーム）だ？

「変わった神さまね。どんな遊戯（ゲーム）か説明なしってことは、その中身を解き明かすのもゲームの一つってことかしら？」

炎燈色（ヴァーミリオン）の髪を大きくなびかせながら、レーシェがふしぎそうに首を傾（かし）げた。

真っ白い雲海。

そこに見え隠れする天空鯨（リヴァイアサン）を見比べながら。

「ヒントはこの遊び場よね。こんな雲海を用意したんだから、これを存分に使ったゲームのはず。あの空飛ぶクジラも気になるけど。フェイは？　この神さま、わたしたちとどんな勝負がしたいと思う？」

「俺も考え中」

フェイは、ウロボロスの背中であぐら座りだ。

鋼鉄のように硬く、そして硝子（ガラス）のように滑らかな鱗（うろこ）を撫（な）でながら。

「今のところ俺もレーシェと同意見かな。この遊び場がヒントのはずなんだ。タイタンがそうだったわけだし」

ここ神々(エレメンツ)の遊び場は、神の遊び内容で変わる。

巨神タイタンが『神ごっこ』のためにビル群を用意していたように——

この無限に広がる雲海そのものが、神(ウロボロス)の用意した仕掛け(ギミック)である可能性が高い。

「待て」

隊長オーヴァンが割って入った。

やや驚いたように、フェイとレーシェを交互に見つめて。

「お前たち知らないのか。神秘法院の公開データを」

「何がです？」

「ウロボロスの遊戯(ゲーム)はわかっている。過去にコイツに挑んだ使徒のなかに、念話(テレパシー)のできる超能力者がいたんだ」

神(ウロボロス)の思念を読むことに成功した。

読むことができたのはごく一部だが、明らかになった遊戯(ゲーム)は——

ゲーム内容『禁断ワード』

【勝利条件】ウロボロスに「痛い」と言わせること

【敗北条件】参加者全員の脱落
【隠しルール１】？？？？？？
【隠しルール２】隠しルール１達成時、一定時間のみ■■を■■できる

「禁断ワード？　え。でも……？」

パールがきょとんと目を瞬かせた。

「ウロボロスに『痛い』って言わせるってことですか？　でもこの神さまは人間の言葉を喋れないいんじゃ……」

「まず喋らないさ。今までの感じ」

運動場じみた広さの神の背中で、フェイは首を横に振ってみせた。神々には人語を喋るものもいるのだが、そこには一つ共通点がある。

ヒトの姿をしていること。

この神はどうみても蛇や龍だ。

人間の言葉を喋る姿が想像つかないし、これからも喋るとは思えない。

「そもそもさパール、こんな規格外の大きさの神さまが『痛い！』なんて悲鳴を上げたら、どうなると思う」

「……うるさいです？」

「たぶんミサイルの直撃より強烈な音の衝撃波が起きる。背中に乗ってる俺たちは全員ズタズタに消し飛ぶぞ」

「ひぃあっ⁉」

「ってことはつまり『痛い』って勝利条件はわかっていても、これは額面どおりの意味じゃない。工夫しろってこと」

華炎光の使徒たちに視線を向ける。

苦々しい面持ちの隊長オーヴァンへ。

「と、俺は推測しますが」

「……その通りだ。この神が人語を発した記録はない」

隊長が渋々と頷いて。

「さらに言えば物理的な『痛い』かどうかも怪しいものだ。神は霊的な存在だからな。人間の感覚と必ずしも一致しない」

神にどうやって「痛い」と思わせて、かつ「痛い」と発声させればいいのか。

解き明かせた者がいないのだ。

「なるほどね。勝利条件がわかっても、『勝利方法』はまだ誰も解き明かせたことがないってことで」

自身に言い聞かせるつもりで口にして、フェイは立ち上がった。

レーシェとパールに向けて真下を指さして。

「よし決まった。やろっか二人とも」

「は、はい？」

「何するの？」

「決まってるだろ。徹底的に試すのさ」

疑問符を浮かべる二人の前で、フェイは自分の足下——大地のごとく広大な神《ウロボロス》の背中めがけて足をふりあげた。

「まずは『痛い』の基本から！」

足下の鱗《うろこ》めがけて踵《かかと》を振りおろす。

ただし、トスンッと小さな音が響いただけで神の背中はビクともしない。むしろ悲鳴を上げたのは鱗を蹴ったフェイの方だった。

「いっ痛《い》った！　俺の……俺の足がしびれた！」

「……あの、なに自爆してるんです？」

じーっと。

今まで見たことがないくらいパールの目が冷たい。

「ぜひ説明を」

「蹴ってみたら意外と神さまも痛がるかもなって。だから攻撃してみた」

「効くわけないじゃないですか⁉　相手は神さまですよ？　フェイさんが踏んだところで象の背中でアリが暴れてるようなものですってば！」

「やっぱり人力じゃ無理か」

「だ、か、らぁ！」

「人力じゃなければどうかな」

「へ？」

フェイが指さす方向にパールが振りかえる。

そこでは華炎光（インフェルノ）の使徒十五人が一箇所に集まって円陣を組んでいた。魔法士による魔法。超人による念動力（サイキック）。

いずれも遊闘技（バトルゲーム）で「神にも通じる」力だ。

「向こうも試すらしいじゃん。あんだけの人数の一斉砲火だから、パール、そこだと巻きこまれるかも」

「それは勘弁です⁉」

青ざめたパールが、転移門（ワープポータル）に飛びこんで瞬間移動。

と同時に、ボッ！　と空気が弾（はじ）ける音が膨れ上がり、突風じみた衝撃波がフェイの全身にぶつかってきた。

「きゃぁ⁉」

「おっと、パールだいじょうぶ？」

風圧で倒れそうになるパールを、レーシェが間一髪で掴(つか)んで助ける。

フェイも、衝撃波のなか立っているので精一杯だ。

「……さすが優秀な使徒をお揃(そろ)えで」

いざ実力を発揮すればやはり歴戦のチームだ。力の発動タイミングも完璧。全員の連携が美しく整っているのも、日々の訓練の賜(たまもの)だろう。

だが。

「……やはりか！」

隊長オーヴァンが絶句。

巻き上がる炎が消えた後には、無傷のまま光沢を放つウロボロスの鱗(うろこ)があった。傷一つどころか埃(ほこり)一つ付いていない。

「そんなっ!?　わ、わたし全力で撃ったのに!?」

「鱗一枚さえ剥(は)がせないなんて……」

円陣を組んでいた使徒の顔色がみるみる青ざめていく。

その姿を遠目に眺めながら、フェイは、パールと顔を見合わせた。

「人間って無力だなぁ」

「そんな悲しい同意を求めないでくださいっ!?」

「パールって身長いくつ」

「はい!? え、ええと百五十六センチですけど、まだ成長途中なのは見逃せませんよ? なにせ去年計ったより三ミリも伸びていたのです!」

「ウロボロスは全長十キロ、つまり一万メートルだって」

「……?」

パールが子猫のように首を傾(かし)げてしまう。

どうやら自分(フェイ)の意図が伝わらなかったらしい。

「体長比だよ。全長一万メートルのウロボロスから見て、身長二メートルの人間はどれくらいに見えると思う?」

「ええと……」

「人間視点で四百マイクロメートル。概算だけど」

「それってどれくらいです?」

「大きめの花粉くらい」

「もっとマシな言い方にしてください!?」

「ダニとか埃とかのハウスダスト」

「悪化してます!?」

「これくらい具体化した方がわかりやすいだろ」

口を尖(とが)らせるパールをなだめつつ、フェイは足場である神(ウロボロス)の背中を指さした。

「要するに神(コイツ)は、背中に乗ってる俺らが何しようと気付かない」

空中には無数の花粉や埃(ほこり)が舞っている——

だが人間はそれに気付かない。神(ウロボロス)にとっても人間はそんな存在なのだ。

「あ、ねえねえフェイ。それなら」

腕組みしていたレーシェがパッと手を上げた。何かとっておきの悪戯(いたずら)でも思いついたような無邪気さで。

「次はわたしが試してみるわ！」

レーシェが拳を振りかぶる。

フェイとパール、そして華炎光(インフェルノ)の使徒達の目の前でだ。

「お、おい待ったレーシエ!? お前が本気出したらまずいって！」

「こんだけ的が大きいと殴り甲斐(がい)もありそうなのよねぇ」

「そうじゃなくて俺たちがやば——」

間に合わなかった。

フェイが静止するよりも、パールが大慌てで転移門(ワープポータル)に逃げこむよりも早く。

轟(ごう)ッ！

レーシェの打ちつけた拳が、ウロボロスの背中で「爆発」した。

押しつぶされた大気が捻じ曲げられて竜巻のように渦を巻き、過剰なまでの力が衝撃波となって雲海の雲をも吹き飛ばしていく。

「ウロボロスが⁉」

「す、すごいですが……やりすぎですぅぅぅっっっ⁉」

神の背が揺れだしたのだ。

まるで大波のように激しく波打って、その上に立つフェイたちもトランポリンで跳ねるような心地だ。

「た、助けてフェイさんっっ⁉」

「パール、鱗にしがみつけ！」

転がり落ちないようにしがみつくフェイとパール。

そんな中で。

「あ……」

華炎光の一人が、足を滑らせた。

仲間の救助も間に合わずに神の背中から転落。真っ逆さまに雲海へと落ちていって、獲物を待ち構えていた天空鯨にパクッと噛みつかれる。

数秒後。

天空鯨に噛みつかれた使徒が、光となって現実世界へと戻っていった。

一名脱落。

華炎光（インフェルノ）の残り十四名。フェイたち三名。

「…………………」

揺れが鎮まって。

フェイとパールを含む人間すべてが、無言で元神さまを見つめていた。

呆（あき）れ半分、怒り半分の形相で。

「ち、違うわ!?」

炎燈色（ヴァーミリオン）の髪をこれでもかとなびかせながら、レーシェが首を横にふる。

「わたしは悪くない、これは不可抗力。みんな騙（だま）されないで、悪いのはすべてウロボロスなのよ！」

「さすがに今のは人災だろ」

「神災ですぅ」

「俺たちの仲間が……」

「う……うぅぅ……っ？」

その場の面々にじーっと見つめられて、先に音（ね）を上げたのはレーシェの方だった。

「ごめんなさいぃぃ。今のは……わたしが悪かったわ……」

「……竜神さまからの直々の謝罪とあらば」

オーヴァン隊長が大きな大きな溜息をついた。

重たい空気の部下たちに振り向いて。

「落ちていったナッシュは気の毒だが、レオレーシェ様からの謝罪もあった。いいな諸君、我々が向き合うべきはゲーム攻略だ」

「オーヴァン隊長」

口ごもる部下たちではなく——

そう声を上げたのはチーム外のフェイだった。

「ご覧のとおりです」

「……何がだ？」

「レーシェが殴ることで神にも変化があった。でも声は発する気配がない」

神に痛いと言わせる『禁断ワード』ゲーム。

レーシェが殴っても言葉を発さないならば使徒では絶対不可能だろう。つまり力ずくで痛いと言わせる遊戯ではないと断定できる。

「これは歴とした知略ゲームです。『神に痛いと言わせる』ことが何を意味するのか。・・・・・・・・・・神は、俺たちに頭を使えって言ってきてる」

「そう、その通りよフェイ！」

長髪をさっと梳り、レーシェが意気揚々と。

「わたしもそれを確かめたかったの。ご理解いただけたかしら皆の衆……まあ、うっかり力加減は間違えたけど」

「そのせいであたしたち全滅寸前でしたけど⁉」

「――パール。レーシェもこっちこっち」

騒ぐ二人を手招き。

パールとレーシェの前で、フェイは遙か雲海を指さした。

「このでっかい神さまの背中の最果て。どうなってるか気にならない？」

「気になる！」

「歩くんですか⁉」

レーシェとパールの声が綺麗に重なった。

ただし両者の反応は正反対だ。

「この背中の端っこまで歩くんですか⁉　だ、だって背中の道だけで地平線ができてますよ。まだ先にも続いてたりして……」

「全長十キロなんだろ。仮にこの落下地点が真ん中なら、頭と尻尾まで歩いても五キロだ。一時間もありゃ着く」

「……あ。そうですね。そう考えれば意外と」

「だろ？」

パールを連れて歩きだす。

この先が頭か尻尾かわからないが、どうせ両方調べるのなら同じことだ。

……時間はいくらかけてもいい。このゲームはおそらく時間制じゃない。

……俺らの気力がすり切れて降参するまで、永遠に続く。

二百七十八時間。

ウロボロスを相手にして、ある使徒が降参に至った際の経過時間である。

なぜフェイが覚えているかというと、神秘法院の記録にある「一回のゲームにかかった最長時間」だからだ。

「ま、俺らも長期戦覚悟だよなぁ」

「フェイさんあそこ！　ウロボロスの配下の天空鯨たち、ずっとあたしたちの後を追ってきてます！」

パールが雲海を指さした。

自分たちがウロボロスの背を移動するのに合わせて、天空鯨たちも移動を開始していたのだ。肉食獣が獲物を付け狙っているように。

「そりゃあ俺たち獲物だし」

「あたし美味しくないですよぉぉぉっ！」

涙をうかべるパールに力一杯しがみつかれた。

フェイの腕を掴んで離さない。それは構わないのだが、問題は、勢いあまったパールが無意識のうちに胸を押しつけてきていることだ。

「あ、あのパール……？」

ずっしりと。

見事なまでに実った二つの果実が、こんなにも強く押し当てられているのに柔らかい。

そんな未体験の感覚に、思わずフェイの顔が熱くなる。

「パール落ちつけって。そんな怖がらなくてもウロボロスの背中にいれば襲われないってわかってるだろ。アイツらが狙うのは落っこちた時だけだ」

「で、ですけどぉ……」

離れてくれない。

ちなみに隣のレーシェが、それはそれは怖い形相になりつつあるのだが、フェイにしがみついているパールは気づかない。

「うう怖いぃぃ！　フェイさん、絶対あたしから離れないで下さいねっ！」

「あ、あのパール？　後ろに天空鯨より数億倍怖いのが……その、殺気が……」

「……ふうん」

レーシェの呟き。

それはとても無味乾燥な、感情の欠落した声だった。

「フェイ、キミもやっぱりそうなのね」

「……何でしょう」

「若い男って発育のいい女子が好きなのね。わたしの知る古代魔法時代もそうだったわ。若き乙女の立派な胸には、神の魔法をも凌駕する魅力があるって。王国一の賢者もそう言ってたし」

「そいつ本当に賢者か⁉」

「パールもよ」

「きゃっ？」

パールの首根っこを掴んで、子猫のように軽々とレーシェが持ち上げた。

「いいとこ見せるんじゃなかったの？」

「え？」

「後ろの連中に。そんな泣き顔見せちゃっていいの？」

十メートルほど後ろをついてくる華炎光の使徒たち。

憔悴しきった者もいるが、隊長オーヴァン含め、まだはっきりと意志の光を目に灯した使徒も残っている。

「前は自分の失態で負けちゃったんでしょ。ここで泣き言いってたら『あーあ、やっぱりあの時のままだ』って思われちゃうわよ」

「そ、それは……あの……」

おっとり顔の少女が、ぐっと唇を噛(か)みつぶした。

「……レーシェさんの言うとおりです。そ、そうですよね！　あたしこんなところで弱音吐けません！」

「頑張れる？」

「頑張れます！」

「走れる？」

「走れます！……え？　走るってどこへ？」

「この先までよ。頭か尻尾のどちらかだけど」

笑顔のレーシェが、パールの手首をぎゅっと掴(つか)んだ。

「この先がどうなってるか早く見たいでしょ。歩くなんか時間がもったいないよ」

「え？　あ、あたしそれは別に構わないかなぁって……」

「というわけで、よーいどん！」

「いやぁぁぁぁぁっっ!?」

レーシェに連れられたパールが、あっという間に雲海の先へと消えていく。

「……おーい」

後ろにいる華炎光(インフェルノ)の面々から奇異のまなざしを浴びながら。

フェイは、やれやれと溜息をついたのだった。

「俺ら、もしや集団行動のできないチームか……？」


雲の水平線――

人間の目では見通せないほど先まで延びた神の背中を、フェイが延々と歩き続けたその先で。

「あ、フェイだ。こっちこっち！」

「も……もう走れ……ません……っていうか結局フェイさんを待つことになるんじゃないですか。あたしが全力疾走した意味っていったい……」

陽気に手を振るレーシェと、ぐったりと倒れたパールの姿。

「お待たせ。ここが最果てか？」

「うん。ねえ見てフェイ。めちゃくちゃ怪しいのよ！」

レーシェが目を輝かせて後ろを指さした。

神の尻尾。

その尻尾がほぼ直角に折れ曲がり、真上に向かって伸び上がっていた。見上げるフェイからすれば巨大な壁のようだ。

「しかも派手だな。尻尾にでかい棘まで生えてる」

ウロボロスは全身が鱗(うろこ)で覆われている。

それに加えて、この尻尾には巨大な棘(とげ)が突きだしているのだ。

「いいじゃん」

「でしょ？」

「ああ。ようやく本番って感じがしてきた。あのでっかい棘も気になるけど、尻尾の色がここだけ銀色っていうのが最高だ」

今までフェイが歩いてきた鱗は、深紫色に照り輝いていた。

なのに尻尾の鱗だけが銀色。

見れば見るほど「ここだけ特別です」という意図(メッセージ)にしか思えない。

……神(ウロボロス)からのヒントなのは確かだよな。

……たとえばこの尻尾が急所です、っていう可能性は？

おまけに棘まで生えている。

棘というものは、たとえばハリネズミや薔薇(ばら)に棘があるように「触るな」という自衛の意味を持つものだ。

「レーシェ、この銀色の尻尾って調べたか？　触ったりよじ登ったり」

「ううんまだ。迷ってたの」

レーシェがあっさりと首を横にふる。

「だって怪しすぎるもん」

「……俺もそこで悩んでる。ただ、そう見せかけて裏の裏の可能性もあるし」

「わかりましたぁぁっ！」

フェイとレーシェが腕組みしているなか。

全力疾走で疲れきっていたはずのパールが、大声とともに飛び起きた。

「フェイさん！」

「うわビックリした！　どうしたんだよ」

「ふっふっふ……」

さっきまでの弱気が嘘（うそ）のように、パールが大股で迫ってきた。勝利を確信したと言わんばかりの勝ち気な微笑をにじませて。

「あたしは発見してしまったのですよ。無敗の神（ウロボロス）の攻略法を！」

「……発見だって？」

「教えてさし上げましょう。この尻尾にご注目です。ここだけが銀色に輝く鱗に覆われていて、ご丁寧に棘まで生えてる。いかにも怪しい！」

「あー……パール、嫌な予感がするからちょっと待っ――」

「そしてそして！」

フェイの制止の声は届かなかった。

直角にそびえ立つ尻尾を指さして、パールの声にますます力がこもる。

「これは『神（ウロボロス）に痛いと言わせる』ゲーム。だとすれば鱗（うろこ）の色が違う尻尾こそ急所で、この棘（とげ）は敵（あたしたち）を近寄らせないための牽制（けんせい）！　いかがでしょう！」

知っている。

フェイとレーシェも尻尾を見るなり二秒で気づいたし、さらに言えばその先まで予想ができている。

……でもパールの自信は相当なものだ。

……俺やレーシェと同じ段階か、さらに先まで発見があったのか？

ごくりと息を呑（の）み、フェイは金髪の少女をまっすぐ見据えた。

「ならば教えてくれ。この神の攻略法を」

「はい！　それは……」

「それは？」

「この尻尾を攻撃することです！　この急所を殴ることで神（ウロボロス）が痛くて悲鳴を上げて降参する。もう間違いありません！」

「……なるほど」

そう応じるフェイはいかにも疲れた返事なのだが、自らの発想に陶酔しきったパールが気づくわけもない。

「どうですかフェイさん、レーシェさん！　このあたしの世紀の大発見！」

「パール、一つ聞いていいかな」

「何なりと」

「もしや思いこみが激しいって言われることないか？」

「え？」

きょとんと、パールが目を丸くした。

「なんでご存じなんです？　よく両親とお姉ちゃんからそう言われます」

「……なるほど」

「あと近所のお婆(ばあ)さんたちやスーパーの店員さん、郵便配達のお兄さんからも、『パールちゃんって意外と頭が軽いよね』って心配されるんです。まったく失礼しちゃいますよね？　あたしとしては心外です」

「どんだけ知れ渡ってるんだよ!?」

「子供の頃のあだ名が『全自動思いこみガール』ですよ？　失礼しちゃいますよね」

「それはピッタリ……いや何でもない」

なるほど理解した。

黙っていれば実におっとり大人しそうな見た目だが、このパール、実はレーシェ以上に「ノリと勢いで突き進む」型だったらしい。

いま思えば——

引退しかないと落ちこんでいた時の一直線ぶりにも、確かにその片鱗はあった。

「何か思いついたら止まらないタイプか。俺が説明するよりいっそ行動させて……」

「？　フェイさん？」

「ああいや、こっちの話。それよりパールの意見を採用しよう」

かぶりを振ってそう応じて、フェイは神を指さした。

銀色に輝く鱗に覆われた尻尾を。

「ここが神の急所かもしれない。というわけでパール、俺とレーシェで見守ってるからコイツを倒してみせてくれ」

「お任せあれです！」

さっと敬礼の仕草をとって、パールが身を翻した。

銀色の壁のごとく聳え立つウロボロスの尻尾を見上げ、一人前の格闘家さながらに拳を構えてみせる。

「見ててくださいフェイさん、レーシェさん。不肖このパール・ダイアモンド十六歳が、無敗の神を撃破する記念的瞬間を！　これはもう人類史上最高の偉業といっても過言ではないでしょう！」

「おう頑張れ」

「では！」

「あ。そうだパールに念のため俺から助言。殴ったらすぐ逃げろ」

「……はい？」

「念のためだよ。ま、頭の片隅に覚えといてくれ」

と――

　何人もの足音がけたたましく近づいてきたのは、その時だ。フェイの後をついてきた華(イン)炎光(フェルノ)のメンバー全員が顔を真っ青にして。

「オーヴァン隊長！　や、やっぱりです！」

「あいつら神(ウロボロス)の尻尾を攻撃しようとしてやがる。しかもパールかよ！」

「おい待てパール！」

「あ！　オーヴァン隊長……」

　パールが振り向いた。

　この空間に突入した時から露骨に避けられていた。隊長から名前を呼ばれたのもこれが初めてで、つい意識してしまったのだろう。

「オーヴァン隊長！　あ、あの……見ててください。あたし半年前の失態(ミス)を今こそ償う時だと思うんです。神(ウロボロス)の撃破という勝利でもって！」

「やめろぉぉぉぉっっっ!?」

「ほわたぁぁ！」

元チームメイトの制止は、間に合わなかった。

急所と思われる尻尾めがけてパールが拳を突きだした。ポンッと可愛らしい打撃音。

それから間もなく――

ウロボロスの尻尾が輝きだした。銀色の鱗一枚一枚が大きな電灯のように光を放ちだし、その光が巨大な棘に収束されていく。

「……え？　あ、あれ。ゲームクリアは？」

「あー。やっぱりそうか」

後ずさりながら、フェイは大きく息を吐きだした。

「パールさ、自分がいきなり他人から頭を殴られたらどう思う？」

「？　そりゃ怒りますが」

「なら神さまだって当然怒る。そして神さまを怒らせると何が起きるか――」

光が、神の尾の先端に集まっていく。

それが意味するものは。

「パール、屈んだ方がいいわよ」

レーシェがパールの頭を抑えて、強引に伏せさせる。

神の反撃――

何百本におよぶ光線が、ウロボロスの尻尾から撃ちだされた。

背中に乗っている使徒たちを無差別に焼きはらい、雲海を真っ二つに切り裂いて、そこにいた天空鯨もろとも薙ぎ払う。

もしも——

もしもこの熱線が現実世界で放たれたら、高層ビルの壁面がバターのように焼き溶けて真っ二つに倒壊していただろう。

では、それを人間が浴びれば？

「お前たち⁉」

耐えられるわけがない。

隊長オーヴァンの眼前で、神の光線を浴びた部下たちが悲鳴さえ上げずに消滅。光となって現実世界に強制送還されていく。

四人脱落。

華炎光の残り十人。フェイたち残り三人。

「……え。ど、どうして……これが攻略法なんじゃ……」

「罠だ」

頬に擦り傷ができた隊長オーヴァンの、押し殺した声音。

幸いにして隊長は光線が頬をかすめたに留まったが、直撃していれば部下と同じく一瞬で消滅していたに違いない。

「過去に挑んだ者たちが散々試した。ウロボロスの尻尾はあえて人間に攻撃させるようになっている。触れた瞬間にあの光線で全滅だ」

「……ち、違うんです……あ、あたしは……」

ふるふると首をふるパールは、目の端に涙をにじませて。

「あたしは悪気があったわけじゃなくて、今度こそみんなの役に立ちたくて。そ、そうですよねフェイさん？」

「――」

「フェイさん？」

「よしわかった。この尻尾はやっぱり特異性がある。ウロボロスが意図的に組み込んだ仕掛（ギミック）けだとしたら、今の光線はもしや――」

「真面目な顔してる場合ですかぁぁぁぁあっっっっ！」

怒られた。

眉をつり上げたパールが、起き上がるなり飛びつくように迫ってきて。

「フェイさん！」

「な、何だよ。今もう少しで何か閃（ひらめ）きそうだったのに」

「まさかこの尻尾に触ったら反撃されるって気づいてたんですか」

「うん」

「なぁぁぁんで、そ、れ、を、先に言わなかったんですか！　おかげで――」

「落ちつけパール」

ふるえる少女の肩を両手で掴(つか)む。

真っ赤にした顔をじっと覗(のぞ)きこみ、フェイはゆっくりと口を開いた。

「お前がやらなくても俺が試してた」

「全然嬉(うれ)しくないですが⁉」

「大事な検証なんだよ。これは俺の持論だけど、神々の遊びに過去のデータなんて意味がない。過去の使徒が試した？　そんなの信じちゃいけない」

「……何でですか」

「神が気まぐれだからだよ」

暇を持て余した霊的上位存在たち――

人間では測りきれない思考の神々が、律儀に同じ遊戯(ゲーム)を仕掛けてくるわけがない。

巨神タイタンの前例ない『神ごっこ』がいい例だ。

「どんなルールでどんな勝利条件か。その駆(か)け引きこそが知略戦(ゲーム)だろ？　自分で一つ一つ検証していくしかないんだよ。そもそも一度も勝ててない神の過去データが正しいなんて保証がどこにある？」

「…………」

「だから実証が必要なんだ。たとえば今の攻撃で巻きぞえを食うのが俺だったとしても、俺はお前に責任を押しつけない」

「っ！」

パールが息を呑む。

フェイの言葉は自分にではなく、後ろにいる華炎光の使徒たちに向けたものだと気づいたからだ。

「神さまとのゲームで人間の完全勝利なんてありえない。罠かもしれない？　それを覚悟で挑むしかないんだよ。その上で、一番大事な約束は『ミスした仲間を責めないこと』だ」

「……っ」

顔をしかめる華炎光の使徒。

そんな彼らにも伝わるよう、フェイは神の尾を見上げてみせた。

「隊長、さっきアンタたちはこれを罠と言いました。人間側に攻撃させるようわざと銀色の鱗を目立たせて、反撃する罠だって」

「……そうだ」

「俺は別意見です」

「何っ？」

「ウロボロスがそんな罠を楽しむのかな。だってそうだろ。こんなにも規格外の神さまが、たかだか人間数人を罠にはめて喜ぶ？　そんな小さい器じゃないだろ神さまってのは」

意味があるはずなのだ。

無限神ウロボロスが、この尻尾にだけ明らかに仰々しい仕掛けを用意した。

これを使って遊ぼう。

そう言ってきているのだ。

「罠じゃない。ならば何だと？」

「正当な攻略手順ですよ。このゲームの内容を思いだしてください」

ゲーム内容『禁断ワード』

【勝利条件】ウロボロスに「痛い」と言わせること

【敗北条件】参加者全員の脱落

【隠しルール１】？？？？

【隠しルール２】ルール１達成時、一定時間のみ■■を■■できる。

自分が注目したのは『隠しルール１』だ。

「俺の考えはこうです。『ウロボロスの尾を攻撃すると、反撃』。これは罠じゃない。俺たちは、神(ウロボロス)が設定した攻略ルートを正しく進んでる」

「冗談じゃない！」

叫んだのは、腕に裂傷を負った使徒の一人だ。

「俺の傷を見ろ、あの何百って閃光(せんこう)を見てそう言えるのか!?　一歩間違えれば全滅するところだったんだぞ！」

「四人だけど」

「……何？」

「退場した四人は確かに気の毒だ。でもウロボロスが本気で狙った発砲ならもっと犠牲が出てなきゃおかしいと俺は思う」

罠ではない。

光線の威力こそ桁外れだが、その狙いは人間を巧妙に外していた。

……何百もの光線が全部外れたらいかにも怪しいもんな。

……攻略ステップその一だって丸わかりだ。

だから「罠」のように取り繕って、数人にだけは直撃させたのだ。そのアタリを引いた使徒は不運という他ないが。

「あなた正気……？」

使徒の少女の、唖然(あぜん)とした目つき。

他のメンバーも同じような雰囲気だ。

「これが神(ウロボロス)の設定した攻略ルートだなんて、本気で考えてるの？　そこのパールを庇(かば)うために適当なこと言ってるんじゃないでしょうね」

「俺はごくごく真剣に考えてる」

「――ならばフェイ」

苦々しい面持ちで、華炎光(インフェルノ)の隊長が口を開いた。

「この尾を攻撃することが攻略手順だとしても、ここから何をする気だ」

「当然、次は隠しルール２の検討ですよ」

「そこまで言いきるなら目星がついていると思っていいな？」

「いえ全然」

「っ⁉　そんな悠長な……！」

「悠長でいいんですよ。これは制限時間付きの遊戯(ゲーム)じゃない。こっちから攻撃しないかぎり尻尾からの光線もなさそうなんで」

飄々(ひょうひょう)とそう答え、フェイは神(ウロボロス)の背中の上で座りこんだ。

片足を胡座(あぐら)座りに、もう片足の膝を立てて。

……さあ考えろ。神(ウロボロス)の尻尾を攻撃するのが隠しルール１だとすれば。

……当然、隠しルール２が次の行動指針になるはずなんだ。

隠しルール2——

隠しルール1達成時に『一定時間のみ■■を■■できる』。

「いったい何が『できる』かだ……」

神(ウロボロス)の背中で——

自分たちは何かが出来るようになっているはずなのだ。

「たとえば俺たちの神呪(アライズ)が強化されて、その力で神(ウロボロス)に攻撃することで効果があるとすれば？　どうかなレーシェ」

「それなら一番可能性があるのがパールよね。こっちこっち」

「は、はい!?　何でしょうレーシェさん」

レーシェの呟(つぶや)きを耳ざとく聞きつけて、金髪の少女が勢いよく顔を上げた。

「あたしに何か？」

「それを今から確かめるのよ」

レーシェが颯爽(さっそう)と動いた。

きょとんとするパールの顔を両手でおさえ、そのほっぺを優しくつまむ。

ぷにっ、と。

その感触を確かめるように何度も摘んだり離したり。

「むむっ。この霊的上位世界でありながらも確かな触感。肌はもちもちと弾力があって、表面はしっかり水分で潤ってるわね」

「……あ、あのぉ。あたしのほっぺ摘んで何してるんです？」

「最高のゲームプレイは最高の体調で実現されるわ。この肌のしっとり柔らかい触感から察するにあなたの今日の体調は……合格っ！　合格よパール、今後もよりいっそうゲーム道を究めるために精進なさい！」

「………あのぉ」

「ただし変化なし、と」

パールの頬から手を離したレーシェが、真顔へ。

「隠しルール1を達成したのはパールだから、何か変化はないかなって」

「？　どういうことです？」

「フェイが言ったでしょ、神の尻尾を攻撃して反撃をもらうのが正しい攻略ルートじゃないかって。そうすると次が『ルール1達成時、■■を■■できる』だから、何かが『できる』ようになってるはずでしょ？」

「……そう言われても」

パールが、自分の掌をまじまじと見つめる仕草。

「あたし何も変わりないですが……」

「よく確かめて。突然に空が飛べるようになったとか時速三百キロで走れるようになったとか。一日十五時間は昼寝できそうとか何でもいいわ」

「最後明らかに適当ですよね!?」

「何かない？」

「ないですっ」

　そんな二人のやりとりを見守りながら。

「パール、じゃあ試しに実力テストだ」

　座った姿勢のまま金髪の少女を見上げて、フェイは足下を指さした。

　神（ウロボロス）の背中をだ。

「さっき尻尾を殴った要領で、次は背中（コイツ）を殴ってみてくれ。蹴ってもいい」

「……はい？」

「隠しルール1を達成したご褒美に、神（ウロボロス）にダメージを与えられるようになってるかもしれない。それで『痛い』って言わせりゃ俺たちの勝利だ」

「おお！　それは可能性がありそうですね！」

　パールが身を屈（かが）めた。

　表情を引き締め、拳をゆっくりと握り固める。

「フェイさん見ていてください、不肖パール、今度こそ神(ウロボロス)を撃破してみせましょう！」

「頑張れ。今回は確度高いはず」

「たあっ！」

みしっ。鋼鉄より硬い鱗(うろこ)に拳を打ちつけた結果、パールの手首から何とも嫌な音が響きわたった。

「————」

その顔がみるみる青ざめていって。

「いったぁぁぁぁ!?」

「あー、ダメか。今回は〇・二パーセントくらい可能性があったと思ったけど、やっぱりそう簡単に攻略させちゃくれないよなぁ」

「あたしの手が真っ赤になっただけですが!?」

「そりゃあ硬い鱗を殴ったんだから腫れるのも仕方ない」

「せめて先に言ってください！」

「俺がさっき鱗を蹴って痛がったの覚えてるだろ。とにかくこれで一つ前進だ、また考えりゃいいさ」

座りこみ、フェイはその場で目を閉じた。

「……何してるんです？」

「考えてる。この雲海(くも)も見飽きたし、しばらく目を閉じた方が気分転換になるかなって」

隠しルール1——ウロボロスの尾を攻撃すると、反撃。

隠しルール2——1達成時、一定時間のみ■■を■■できる。

何が「できる」？

一番可能性が高かったのが神(ウロボロス)を「攻撃できる」。パールの攻撃が届いて「痛い」と言わせることで勝利と思ったが。

……パールが殴っても神(ウロボロス)は無傷。

……つまり隠しルール2は、まったく別の「できる」ってことになる。

それらしいものが見つからない。

無限神ウロボロスは延々と雲海をたゆたうだけ。神々の遊び場(エレメンツ)は見渡すかぎりの雲海で、天空鯨(リヴァイアサン)が泳いでいるだけ。

……そもそも『一定時間のみ』ってのが妙なんだよな。

……なんで制限時間つきなんだ？

考えろ。

まぶたを閉じて思考にのみ集中する。

……神(ウロボロス)は、この遊び場に人間(おれたち)を招いて何をさせたがってるんだ？

……まだ俺たちが試してない選択は、何だ？

神(ウロボロス)の背をここまで歩き続けてきた。

神(ウロボロス)の尻尾を攻撃して反撃を受けた。

他に何がある？

神さまの背中の上に乗せられているだけの人間に、どんな選択肢が残っている？

模索し続ける。

新たな選択肢を見つけ、そして消す。時間がどれだけ経過したのかもわからない。目をつむって頭だけを全力で回転し続けて。

一つ。

たった一つだけ、フェイの脳裏に留(とど)まり続けた可能性があった。

「もしかして」

「……もうやめだ」

口を開きかけた、その矢先。

ぼそっと。

男の使徒が吐き捨てた呟(つぶや)きに、華炎光(インフェルノ)のメンバーがざわめいた。

「何が遊戯(ゲーム)だ。こんなの人間を弄ぶだけの一方的な虐殺同然じゃないか……」

「私もそう思います」

さらに別の少女も。

「隊長、この空間に突入して十時間が経過しました。既に、神々の遊びの平均攻略時間を上回っています……ですがまだ私たち、犠牲を出しただけです……」

「俺も同感です。これ以上の進展は望めないかと」

「隊長、降参を考えるべき時間じゃ……」

堰（せき）が切れた。

あまりに理不尽な遊戯（ゲーム）に対して、精神力が限界に到達したのだろう。

「隊長！」

「だ、だが……」

部下に見つめられた隊長オーヴァンの歯切れは悪い。

彼の後ろにいる数名の部下——そう、ここには『二敗』のメンバーもいるのだ。

使徒は『三敗』によって神々の遊びの資格を失う。そうなれば退役。何より隊長自身が、既に二敗でもう後がない。

ここでの降参は、自殺も同然。

「なんで……私たちがこんな神を引かなきゃいけないの……」

使徒の一人が唇を噛（か）みしめた。

なぜ自分たちがこんな不運を？　神々の遊びを攻略したいと願っているのに、無敗の神を引いてしまう絶望を味わわなければならないのか？

そして、そんな不満の行きつく先は――

責任転嫁。

往々にして、弱い立場の者に責任を押しつける「憂さ晴らし」に至る。

「あの一敗がなければ・・・・・・」

ざわり、と。

華炎光(インフェルノ)のまなざしが射貫(いぬ)いたのは、背後に立つ元チームメイト――パールだった。

「半年前、誰かさんが足を引っ張ったせいで」

「あの全滅がなかったら、私だってまだ一敗だったのよね。ここでウロボロスに負けてもまだ余裕があったのに」

「……あ、あの！……そんな、あたし……っ……それは……」

「謝れば俺らの負けが取り消されるのか？」

「っ！」

パールが息を呑(の)む。

元チームメイトの刺々(とげとげ)しい言葉を浴びて、その表情にみるみる陰が落ちていく。

「ウロボロスを引いたのも誰かさんの呪いだな。なんでわざわざ俺たちの行く手について回るんだか」

「………」

声にならない。

ここで口答えしても火に油を注ぐだけ。それがわかっているからパールは目を逸(そ)らし、ただ無言で耐え忍ぶだけ。

そしてパールから反論がないからこそ、さらに口撃は増していく。

「お前が」

「――――――――黙れ」

その全てが。

元神(レーシエ)の少女の放った言霊に、蹴散らされたかのごとく静まりかえった。

「さっきから見ていれば」

愛らしい少女の面影はもはやない。

立っているのは、直視を許さない竜の眼光で華炎光(インフェルノ)を睨(にら)みつける「神」。その全身に、炎燈色(ヴァーミリオン)の髪と同色の炎がうっすらと燃え上がっていく。

おそらくは――

この火の粉一つでも触れたら、どんな強力な使徒も消し炭になるだろう。

「貴様ら、この女を嬲(なぶ)るのがそんなにも心地いいか？」

「っ！」

息を呑む華炎光(インフェルノ)のメンバーたち。

「目障りだ。そんなにも嫌ならばここから去れ。我が、貴様らを現実世界に返してやってもいいのだぞ」

「……う……ぐっ⁉」

「どうする？」

「ま、待てよ！　元神さまがそんな人間を庇い立てするなんて卑怯じゃねえか！」

吹っ切れた。

そんな苦笑いを浮かべた使徒の一人が、パールを指さした。

「俺らとパールの関係はアンタに関係ないはずだ。そこのパールのせいで俺らが全滅したのは事実だろうが！」

「…………」

「それを庇うのは不自然で――」

「ばか」

レーシェの応えは、呆れ果てた溜息だった。

「はー、もういいわ。あんまり的外れで怒る気力も失せちゃった」

声も目つきも元通りに。

その全身を覆っていた炎と共に、レーシェから怒気が抜けていく。

「勘違いしないでほしいけど、パールとはまだチームも組んでないもん。情なんてないわ。

そもそもよ」

いまだ困惑中のパールを指さして。

「この人間をよくご覧なさい」

「……あたし？」

「わたしが、わたしより胸の大っきい女を庇うわけがないでしょう！」

「胸の大きさは余計ですっ⁉」

「脱げばさらにすごいんだから。服の下にとんでもないモノを隠してるのよこの子は！」

「やめてやめてやめてぇぇっっっ⁉」

「――遊びの邪魔だから黙ってなさいと言っているの」

レーシェが、炎燈色の髪を指先で梳る。

「パールと華炎光の確執とかどうでもいい。わたしが怒ったのは、真剣にやってるゲームに雑な感情を持ちこんで台無しにするその態度」

「…………」

「こんなワクワクするゲームなんだから、もっと楽しそうにしたら？」

「……楽しいだって？」

耳を疑うように使徒たちの口が半開きに。

「これが楽しいだなんて嘘だろ、だって何一つ攻略の糸口もわかってないんだぞ。一方的に脱落者が出てるだけじゃないか！」

「そう？」

「ああそうとも。この場の誰が、アンタ以外で諦めてないだなんて言える……」

「いるんだよね」

レーシェが自信満々に頷いた。

その言葉を待っていたと言わんばかりに。

「このゲームを本気で楽しんでる人間を、わたしは一人知ってるよ。ね。フェイ？」

「……あと少し」

神の背に座りこんで――

その場で唯一目を閉じていたフェイは、レーシェの言葉に片目を開けた。

パールが華炎光に口撃されている間も黙っていたのは、そこに割って入るのを躊躇したからではない。

聞こえていなかった。

外部情報のすべてを遮断。意識のすべてをこの遊戯の追究に割いていた。

「もう少しで閃きそうなんだ」

顔を持ち上げる。

はるか頭上にそびえ立つ神の尾を、瞬きも惜しんで凝視して。

……そう、やっぱり注目すべきはこの尾だ。

……反撃してくる仕掛けがあるのはわかったけど、一つ疑問がある。

あの光線は威力がありすぎた。

自分とレーシェ以外は『即死』。神呪を受けた超人や魔法士であっても耐えきれないどころか過剰殺戮にも程がある。

さしずめ、羽虫に向かって大砲を撃つようなものだろう。

逆算して――

「あの超巨大な閃光に、過剰殺戮以外の意味があるとしたら？」

閃光が灼き貫いたのは使徒四人。

それ以外は、この澄んだ青空と無限に広がる雲海だ。それをじっと見渡して。

「………なるほどね」

拳を握りしめる。

その場で大きく頷き、フェイは無言で立ち上がった。

「っ、ど、どうしたんですフェイさん？　急に！」

そのパールの声掛けには答えぬまま。

フェイが目を向けたのは、今も煮えきらない表情でいる華炎光の面々だ。

「隊長、先に謝っておきます。たぶんさっき以上の犠牲が出る」

「……何？」

振りかえる隊長オーヴァンへ。

フェイは、溜(た)めていた息を吐きだした。

「神(ウロボロス)をもう一度怒らせる」

「バカなっ⁉」

「そのかわり必ず勝つ。俺とレーシェとパールで。だから誰が脱落しても、現実世界の生放送(ストリーム)で最後まで見ていてほしいんだ」

「ど、どういうことだ。おいフェイ⁉」

「レーシェ！」

炎燈色(ヴァーミリオン)の髪の少女に向かってフェイは声を張り上げた。

銀色にそびえ立つ神(ウロボロス)の尻尾を指さして。

「もう一度だ。思うぞんぶん殴ってやれ！」

「なっ、何を――」

「どかんとね！」

目を爛々(らんらん)と輝かせたレーシェが、その拳を神(ウロボロス)の尻尾めがけ叩(たた)きこんだ。

衝撃。

竜神レーシェの拳を受けた神の背が大きく揺れる。

パールが殴った時の何百倍であろう輝きが尾に満ちて、次の瞬間、何千本という極大の光がその棘(とげ)から膨れ上がった。

神(ウロボロス)の閃光(せんこう)。

背中に乗っていた華炎光(インフェルノ)の使徒たちを一瞬でかき消して、無限に続く雲海を貫いて、そこに泳ぐ天空鯨(リヴァイアサン)たちをも撃ち落とす。

残るは三人。

光線を弾(はじ)いたレーシェと、そのレーシェに守られたフェイとパールの二人のみ。

「い、いったい何を⁉　あたしたち以外みんな脱落して……」

「やっぱりそうか」

金切り声を上げるパールの隣で。

フェイは、眼前に起きつつある光景に身を震わせていた。

「パールあそこだ。雲海の切れ目」

「っ⁉　な、なんで……！」

金髪の少女が目を剥(む)いた。

信じられないという面持ちで、その驚愕(きょうがく)に同じく声を震わせながら。

「なんで天空鯨(リヴァイアサン)たちがウロボロスを攻撃してるんですか⁉」

そう。

雲海から浮上してきた天空鯨（リヴァイアサン）たちが、次々と神（ウロボロス）に襲いかかっていたのだ。噛（か）みつかれた神（ウロボロス）は無傷だが、それでも天空鯨（リヴァイアサン）たちは血走らせた眼（め）で攻撃を続けている。

「神の配下だったはずなのに……」

「おー、そういうこと」

ぽんと手を打ったのはレーシェだ。

「こいつらは中立モンスターだったのね」

神にもヒトにも属さない第三者（ギミック）。

配下ではなかった。

神（ウロボロス）と天空鯨（リヴァイアサン）は、この空でただ共存していたに過ぎなかったのだ。

「え!? そ、そんな事って……」

「だから言っただろ。過去の常識（データ）をあてにするなって。神のゲームは自分の力で一つ一つ検証していくしかないんだよ」

そう言うフェイ自身、内心の昂（たか）ぶりに全身のふるえが止まらない。

「なあパール。天空鯨（リヴァイアサン）が神の配下だなんて、神（ウロボロス）は一言も言っちゃいないぜ？」

「……あっ!?」

過去の使徒たちは、空を泳ぐこのモンスターを一目見て神（ウロボロス）の配下と思い込んだ。

だが違う。天空鯨（リヴァイアサン）が雲海に落ちた人間を襲うのは、ただただ単純に、それを自分たちの領土侵入と見なしたから。

今はその逆——

神(ウロボロス)の閃光(せんこう)に攻撃されたことで、天空鯨(リヴァイアサン)は神を敵と見なしたのだ。

「俺たちさっきは気づきもしなかった。まず閃光に大慌てだったし、華炎光(インフェルノ)の脱落者が出たってことにしか目が向いてなかったからな」

「……そ、そうだったんですね」

パールが唇を噛みしめる。

気づいたのだ。フェイが自ら恨まれ役を買って出たことを。

「神(ウロボロス)の閃光を誘発させれば再び被害が出てしまう……でも誰かがやらなきゃいけない。だからフェイさんがその役を……」

「それはいいんだよ」

パールの肩をぽんと叩(たた)いて、フェイは雲海(した)の天空鯨(リヴァイアサン)を指さした。

「あの天空鯨(リヴァイアサン)までざっと二十メートルってとこか。いよいよお前の出番だ」

「な、何がです？」

「敵の敵は味方って理屈知ってるか？　ってわけでアイツらまで跳ぶぞ！」

「ちょ、ちょっと————っ!?」

パールの手を握り、フェイは全力でウロボロスの背を走りだした。

崖から飛び降りるがごとく、神(ウロボロス)の背からパールと二人で跳躍。もちろん真下は何もない。無限の雲海が広がっているだけだ。

「パール、お前の力の見せどころだ！」

「あまりに無茶苦茶(むちゃくちゃ)ですってばぁぁぁっっ……『気まぐれな旅人(ザ・ワンダリング)』、発動します！」

パールが叫んだ瞬間、虚空に黄金色の環(わ)が出現した。

瞬間転移——半径三十メートル以内の任意地点に転移門(ワープポータル)AとBを生成。Aを通過した者をB地点に転移させる。

Aはフェイたちの目の前に。

そしてBは、天空鯨(リヴァイアサン)の背中の上に。

「転移します！」

視界がブレた。

一瞬の後に、フェイとパールは天空鯨(リヴァイアサン)の背中の上に転移していた。ただし神(ウロボロス)と違って激しく動くせいで足下は不安定極まりない。

「わわっ、落ちる落ちます⁉」

「掴(つか)まっとけよ。こっからもっと激しくなるぞ、レーシェ！」

「お待たせ」

続いてレーシェも別の天空鯨(リヴァイアサン)に着地。

転移ではなく、こちらは悠々と単純に二十メートルを跳躍してだ。

「フェイさん、神（ウロボロス）が！」

「ああ、いよいよだ」

変化が起きた。フェイたちが天空鯨（リヴァイアサン）に飛び乗った途端に、今まで泰山のごとく不動だった神（ウロボロス）が大きく旋回を始めたのだ。

動きだした。

これこそが神の定めし攻略手順であると、そう告げているのだ。

「……すごい。フェイさん、本当にすごいです！」

その光景にパールが身震い。

興奮と昂（たか）ぶりを抑えきれない、そんな口ぶりで。

「あたしたち、ウロボロスの遊戯（ゲーム）の全貌を解けたんですね！」

ゲーム内容『禁断ワード』。

【勝利条件】ウロボロスに「痛い」と言わせること

【敗北条件】参加者全員が脱落すること

【隠しルール１】ウロボロスの尾を攻撃することで、「反撃」

【隠しルール２】ルール１達成時、一定時間のみ天空鯨（リヴァイアサン）を使役できる。

「ここまで攻略を進められたの、間違いなくあたしたちが世界で初ですよ！」

「ああ。だけど感動するのは後だ」

神(ウロボロス)が動きだし、フェイたちの乗る天空鯨(リヴァイアサン)たちが飛翔(ひしょう)して追いかける。あたかも雲海を舞台にしたカーチェイスのごとく。

「ようやく前哨戦(チュートリアル)が終わったところか」

「前哨戦(チュートリアル)!?　これだけやってもまだやることがあるんですか!?」

「どうやって『痛い』と言わせるか」

「あ……」

パールが息を呑(の)んだ。

そう。これだけの攻略手順を重ねてなお、無限神ウロボロスの遊戯(ゲーム)には依然として終わりが見えていないのだ。

1：高度七百メートルからの自由落下に耐える。

2：背中はいくら攻撃しても無駄。

3：ウロボロスの尾の反撃システムを発見する。

4：ウロボロスの尾の反撃システムが「罠(わな)」ではないことに気づく。

5：その反撃で天空鯨が巻きぞえになる。
6：怒った天空鯨たちが神に向かって攻撃開始。
7：この天空鯨は神の仲間ではなく中立モンスター。（ここに気づくことが重要）
8：天空鯨に飛び乗って「共闘」へ。

ここまでさえも人類未到。

なのにまだ前哨戦。このウロボロスという神は、どれだけ難題な遊戯を人類に用意したことだろう。


「楽しそうですね……」

「最高だね」

雲海を泳ぐウロボロスを追いかけながら。

フェイは、隣のパールに向かって頷いてみせた。

「パールもわかっただろ。神さまの遊戯ってのはどんなに難解でも不可能はない。これもそうさ。巧妙に手がかりが隠されて、注意深く観察すれば攻略が進むカラクリになってる。完璧に計算された謎解きゲームだ。つまり――」

「こっからさらに楽しませてくれるのよね」

隣を滑空する天空鯨の上で、レーシェがウィンクしてみせた。

「まずは本当の弱点探しね。あれだけ派手な尻尾がこのための仕掛けなら、別の弱点があるって言ってるようなものよ」

「ああ。じゃあどこを探すかだけど」

「もちろん一番怪しい場所からよ」

レーシェが頷く間に、天空鯨たちがみるみる高度を下げていく。

雲海の中へ潜っていく。

「『背に腹はかえられぬ』って言い習わしが人間にはあるんでしょ？　わたしたちがいたのは神の背中。なら、その裏側にあるお腹かしら」

「いくぞ、神の下に潜りこむ」

雲海の下へ。

息すら詰まるほどに濃い雲を突き抜けて、浮遊する無限神ウロボロスを真下から見上げたフェイたちは、一斉に目をみひらいた。

「眼です！　あ……あそこに真っ赤な二つの眼が！」

頭上を指さすパールが、声を擦れさせながら絶叫した。

ウロボロスの眼。

それは現実世界でいえば、この世でもっとも巨大な「宝石」と呼べる代物だった。

紅玉色の巨大な球体が二つ、神の腹面に存在していたのだ。

それが「眼」であると判断できたのは、フェイたちの乗る天空鯨（リヴァイアサン）が近づくことで、この巨大な球体がギョロリと動いたからだ。

見下ろしている。

人間が近づいてくる一部始終を観察していたのだ。

「……ようやくご対面ってわけか」

目が合った瞬間から、喩（たと）えようのない圧力によって喉がカラカラに渇いていく。

人間とは何から何まで違う高次元存在。

それが今、まさしく隠す気のない敵意を放っているのだから。

「フェイさん！　こ、この天空鯨（リヴァイアサン）たち、あの眼めがけて近づいていってませんか⁉」

「眼を狙えってことだろ。今度こそ間違いないな」

神からの黙示（ヒント）。

無限に広がる雲海に何百体という天空鯨（リヴァイアサン）を配置したのは、すべてこの為だったのだ。神の弱点へと導くための。

「じゃ、じゃあ……いよいよ！」

「ああ。『ウロボロスに痛いと言わせる』には、あのド派手な眼を壊せってわけだ」

何十体という天空鯨（リヴァイアサン）が、渡り鳥のように群れをなす。

高速で旋回しながらウロボロスの眼へと徐々に距離を詰めていく。そして勢いをつけ、深紅の結晶体へと一直線に上昇。

「ま、眩し……」

「やばい、止まれ！」

光が瞬いたのは、その瞬間だった。

真っ赤な眼が二つ。それぞれが太陽のごとく燦々と輝いたと同時に、フェイは自分たちの乗る天空鯨にそう命じていた。

閃光。

対の赤眼から放たれた深紅の閃光が、蒼穹を焼き貫いた。

接近していた天空鯨を数体まとめて蒸発させ、その余波を受けた数体もなぎ払われて空の下に落下していく。

フェイたちの眼前で、だ。

「なっっっな、何で!?」

「そう簡単に勝たせちゃくれないよな。あの二つの眼、どちらも防衛システムだ。互いに互いを防衛してる」

右目に近づく敵は、左目が迎撃する。

左目に近づく敵は、右目が迎撃する。

「レーシェそっちは？」

「んー……回りこんでもダメ。ちゃんと眼が感知してくる」

フェイ・パールの天空鯨(リヴァイアサン)から離れた位置で、ウロボロスの巨体の陰から近づこうとしたレーシェが慌てて旋回。

「しかも接近できた後も苦労しそうね」

レーシェが見上げるのは、眼に向かって襲撃を続ける他の天空鯨(リヴァイアサン)たちだ。

三方向からの接近は二つの眼では追いきれない。深紅の閃光をすり抜けて通った一体が、右の眼に体当たり。

さらに後続の二体が、次は左目に食らいつく。

だが効かない。

弱点であるはずの眼が、天空鯨(リヴァイアサン)がどれだけ攻撃しても傷一つついていないのだ。

「つくづく難易度高いな……」

頭上の光景を見つめ、フェイは息を吐きだした。

「天空鯨(リヴァイアサン)の攻撃じゃアイツの目を砕けない。魔法士にしろ超人にしろ、強力な使徒が直接叩(たた)けってわけだ」

「ど、どうするんですかフェイさん⁉　あたしたちどっちの神呪(アライズ)も攻撃向きじゃないし、レーシェさんに任せるしかないですってば！」

「レーシェに任せるにしても事は単純じゃない。神の眼に感知させない方法がいる」

「……あるんですか？」

「無い、わけじゃない」

奥歯を噛みしめる。一つだけ。針の穴を通すような精度で、奇跡にも近いタイミングによって実現する手段がある。

……だけどこの作戦は、失敗時のリスクが半端じゃない。

……失敗すれば三人仲良く全滅するぞ。

他に手段は？

焦るな、最適解が必ずある。

フェイが自らにそう言い聞かせるのを裏切るかのように、自分たちを乗せた天空鯨が突如として吼えた。

暴れ馬のごとく、身体を上下左右に振り乱す。

「い、言うこと聞いてくれません！　フェイさん、もしかしてこれが例の『一定時間』って奴じゃないですか⁉　あの隠しルールその2の……」

「こんな時に時間切れか！」

使役時間が切れる。神にもヒトにも属さない第三者ゆえに、再び完全な中立モンスターに戻れば、自分たちは空に振り落とされるだろう。

もう時間がない。

「フェイ、先いくよ」

まず決したのはレーシェだ。

天空鯨(リヴァイアサン)の頭を蹴って空中へ。さらに次々と別の天空鯨(リヴァイアサン)へ。

空の階段を登るように。天空鯨(リヴァイアサン)を踏み台にして飛び移ることで、神(ウロボロス)の閃光(せんこう)をかいくぐりながら眼(め)へと向かっていく。

「ああくそっ、考える時間は無しってわけだ。やるぞパール」

「な、何をです!?」

「よく聞け。————」

最後の作戦。

一秒さえ惜しい時間のなか、フェイがパールに伝えた僅かな言葉は、自我を取りもどしつつある天空鯨(リヴァイアサン)たちの咆吼(ほうこう)によって掻(か)き消(け)された。

「ほ、本気ですか!?」

「やらなきゃダメなんだよ。それも完璧なタイミングでだ。なにせ相手が相手だからな」

知恵を尽くし、技巧を尽くしてもまだ足りない。

これはそういう相手なのだから。

「神は、自ら奇蹟(きせき)を啓(ひら)く者にこそ微笑(ほほえ)む。そうだろ神(ウロボロス)！」

これが——

勝者と敗者を分かつ、最後の四十秒。

「これが最後なんだ！」

暴れようとする天空鯨（リヴァイアサン）の頭にしがみつき、フェイは声を振り絞った。

「上昇（のぼ）れ！」

『ッ！』

ビクッと天空鯨（リヴァイアサン）が動きを止めた。

「あと四十秒でいいんだ。戦ってくれ、神（ウロボロス）にひと泡吹かせてやりたいだろ！」

天空鯨（リヴァイアサン）の翼が羽ばたいた。

フェイとパールの二人を頭に乗せて、まだ残っている数体の天空鯨（リヴァイアサン）とともに大きく旋回しながら神（ウロボロス）の眼（め）に向かって高度を上げていく。

「いいぞ、もっと上だ」

風の音しか聞こえない。

ひゅうっと唸（うな）る突風を全身に受けながら、一直線に神（ウロボロス）めがけて上昇。

だが、神の眼は当然にそれを感知する。

「フェイさん、また輝きだしました。あの光線が！」

「パール、天空鯨（コイツ）を任せた！」

閃光（せんこう）の予兆。

それを見るなり、フェイは天空鯨（リヴァイアサン）を蹴って飛び上がった。すぐ頭上を滑空していた天空鯨（リヴァイアサン）にしがみつき、さらに別の天空鯨（リヴァイアサン）へと飛び移る。

神の『右眼』。

その光が灼（や）き貫いたのはパールではなく、フェイが飛び移った先の天空鯨（リヴァイアサン）だった。

……やっぱりだ。神の防衛機能は、眼から近い順に攻撃してくる。

……それも天空鯨（リヴァイアサン）よりも人間を優先に。

眼に一番近いのはフェイ。

ゆえに自分が撃たれると予測できたからこそ、閃光が撃たれる紙一重の差で、フェイはさらに奥の天空鯨（リヴァイアサン）へと飛び移っていた。

続く、神の『左眼』。

右眼の迎撃が外れたことを察知した左眼が、ぎょろりとこちらを見下ろした。

二発目が来る。

撃たれれば次は躱（かわ）せない。骨の髄まで凍りそうな圧迫感に汗が噴きだしながらも、フェイが見上げていたのは炎燈色（ヴァーミリオン）の髪の少女だ。

「惹（ひ）きつけたぜ」

「いい感じ」

最後の一蹴りで飛び上がったレーシェが、神の眼に到達した。

フェイを囮(おとり)に。

――右眼の閃光(せんこう)を躱(かわ)して。

――左眼の感知を自分(フェイ)に向けさせて。

わずか数秒。フェイが稼いだわずかな隙に、無防備となった神(ウロボロス)の右眼めがけてレーシェが拳を握りしめる。

「じゃ、遠慮なくいくよ!」

暴虐の拳。

巨大隕石(いんせき)の落下にも等しい威力の拳が、紅玉色の球体に突き刺さった。

グニャリと。

「なっ!?」

レーシェの拳が感じとったものは圧倒的な「手応えの無さ」だ。

様態変化――紅玉色の結晶がゼリーのように半液状化し、レーシェの拳の威力を緩和してみせたのだ。

「……あー、〇・〇一秒ちょい遅かったかしら?」

レーシェが苦笑い。間に合わなかった。拳を叩(たた)きこむ寸前に、神の眼(め)による感知が間に合ってしまったのだ。

二つの閃光――

両目から撃ちだされた極大の光に、レーシェが吹き飛ばされる。だが。

「ん……まったく、女の子にこんなことさせるかな、普通？」

衣服という衣服が燃え尽きて。

真っ白い裸身をさらす少女の目は、輝いていた。

「フェイ、切れ目入れといたから」

「ああ」

落下していくレーシェとすれ違いに。天空鯨（リヴァイアサン）の頭を蹴ってフェイは跳んでいた。

高く、高く、高く。

狙うは右眼。レーシェの拳を完璧に止めきれずに生まれた傷が、そこにある。

あと一撃なのだ。

たとえ人間の膂力（りょりょく）であっても、あと一撃で事足りる。

「最後の撃ちあいだ、ウロボロス！」

神の眼に再び光が収束していく。

どちらが早いか。

ヒトの拳が神を砕くか。

神の閃光がヒトを薙（な）ぎ払（はら）うか。

その行方を固唾を飲んで見つめるのはパール、レーシェだけではない。

現実世界──

脱落した華炎光（インフェルノ）の使徒や事務長ミランダ。それに神秘法院の放送を通じて世界中が、この不敗の神との極限の戦いを見つめているに違いない。

「いくぜ！」

フェイが右手を振りあげる。

神の眼（め）が輝く。

両者のタイミングはまさしく同時。

だがこの戦いを見届ける誰もが感じていた。同時ではダメなのだ。

人間（フェイ）の拳は音速を超えない。だが神の攻撃は光速。実に九〇〇〇〇〇倍の速度差で、ウロボロスの攻撃が先にフェイを撃ち落とす。

ゆえに誰もが思った。

これでも勝てないのか。ここまで追い込んでもなお、不敗の神の牙城を崩すことは叶（かな）わないのか──

「なんて思ってるんだろ？」

神に挑む少年は。フェイ・テオ・フィルスは拳を握っていなかった。

人差し指をまっすぐに。

今まさに閃光（せんこう）を放たんとする右目に向けて、大胆不敵にも指さししていたのだ。

「答え合わせの時間だ、神（ウロボロス）！」

閃光（せんこう）。

無防備なフェイめがけて光が満ちた、その瞬間。

「移せ！」

「『気まぐれな旅人（ザ・ワンダリング）』、発動します！」

その一言で。

黄金色の輝く転移門（ワープポータル）が生まれ、そこに飛びこんだフェイが掻（か）き消（き）える。瞬間転移し、パールの乗る天空鯨（リヴァイアサン）まで後戻り。

そして。

右眼（め）から放たれた閃光は、標的（フェイ）の消失によって空を切って流れ弾となり。

その奥――

ウロボロス自身の左眼を灼（や）き貫いた。

「神を倒すのは神自身。これがウロボロス、アンタの攻略法だったわけだ」

そう。

レーシェが神の眼に攻撃をしかけたのは、ただの時間稼ぎ（フェイク）。

すべてはフェイが接近するため。その接近さえ、パールの空間転移(テレポート)という切り札を隠しつつ、閃光の射線を誘導するため。

「もう十分遊んだろ。だから」

指を突きつけたまま。

「今日のところは俺たちの勝ちだ」

リイイイッイイイイッツッ……

至高の鐘のごとく。

さながら天使が奏でる鈴の音のように。

巨大な紅玉色をした神の眼が、澄みきった音を立てて千々に砕け散った。そして。

『ウロボロスの悲鳴がとどろいた』

無限神ウロボロス。

有史以来、ヒトが初めて耳にする「悲鳴」が、雲海に轟(とどろ)いた。

その日。

――――

神々の遊びを見守る世界中の人間が、歓喜した。

秘蹟都市ルイン、その神秘法院支部による生放送は史上稀に見る視聴者数を記録した。

使徒のみならず、市民も。

世界中が戦いを見守っていたのだ。

神の撃破。それも相手は無限神ウロボロス。

過去のあらゆる聖人や天才が倒すことができなかった無敗の神を相手に、だ。

「…………いやはや、これホント？」

緊張で乾ききった喉。

息をするのも忘れてモニターを見つめていたせいで、頭は酸欠を訴えて軽い頭痛がする。

それでも事務長ミランダは、生放送から目が離せなかった。

むろん一緒に見ている部下たちも同じ反応だ。

外もそう。

深夜にもかかわらず、街中の高層ビルに取り付けられた巨大スクリーンの下には何百人という観客が集まっている。

「あの『三大不可能』の一つ。ウロボロス引いた時は諦めたけど……はは、やっちゃったよ彼ら。勝っちゃった……」

大歓声。

奇しくもミランダが我に返ったのと時を同じくして、部屋の部下たち、そして外の街角からも割れんばかりの拍手と大喝采が響きわたった。

おそらくは――

世界中の都市でも同じ現象が起きているだろう。

たった今、世界同時視聴者数のあまりの急増で運営本部のサーバーが落ちたという報告が入ってきたほどだ。

「……ふぅ。感動に浸りたい気持ちは山々だけど、事務方としてはすぐに仕事に取りかかろっか。フェイ君たちの努力を無駄にはできないね」

弾みをつけてソファーから立ち上がる。

神々の遊びは一度きりではない。

またいつかウロボロスを「引く」可能性がある以上、ここから攻略法の定式化だ。

フェイたちの攻略を分析し、どんな使徒でも再現できるよう最適化。そして広めることも神秘法院の仕事である。

「もちろん簡単じゃないだろうけど、ま、やり甲斐はありそうだし……ああ君たち、今日は徹夜するから、珈琲淹れてきてくれる？」

部下に口早にそう告げて。

事務長ミランダは、振りかえるように天井を見上げた。

「華炎光（インフェルノ）のみんなも、今ごろどんな表情して見てるかな」

神秘法院ルイン支部。

その地下一階『ダイヴセンター』で。

「…………」

二十人近くもの使徒が、一台のモニターを食い入るように見つめる姿があった。

チーム『華炎光（インフェルノ）』――隊長オーヴァンと部下が見ているなか、無限神ウロボロスが悲鳴を上げた。

完璧だ。完璧な勝利としか言いようがない。

だが何よりも刮目（かつもく）すべきは、それを成し遂げたのが使徒フェイと竜神レオレーシェ、さらに最後の逆転を担ったのが元チームメイトであるということだ。

「……ははっ、なんてことだ」

膝からくずおれるようになりながら。

モニターに映る金髪の少女を見上げて、隊長オーヴァンは苦笑を禁じ得なかった。

「パールが勝利した。神々の遊びは一蓮托生（いちれんたくしょう）……つまり同時に挑んだ私たちもウロボロスに勝利したことになる……」

無限神ウロボロスの勝利記録に名を連ねる。

どれほど名誉なことだろう。

あの時の一敗が、まさかこんな形で、こんなにも大きくなって返ってくるなんて。

「完敗だ。パール、私の負けだ……見事だった」

大きく息を吐きだして、隊長オーヴァンはやれやれと肩をすくめてみせた。

部下たちにも伝わるように。

「諸君、見てのとおりだ。我々は間違いなく『借り』を返してもらった。少し大きすぎて困ってしまうがな」

そして思う。

あの三人ならば本当に。

前人未到の、神々の遊びの完全攻略(クリア)に至るかもしれない。と。

3

霊的上位世界『神々の遊び場(エレメンツ)』。

無限に広がる真っ青な空と雲海に満ちた世界で——

「レーシェさん、服、服！　あ、あたしの上着貸してあげますから！」

「ん？　別にいいよ。現実世界に戻った時に修復されるし」

「あたしが恥ずかしいんですっ！」

天空鯨(リヴァイアサン)に飛び乗ったレーシェを出迎えたパールが、大急ぎで服を押しつけた。

いまのレーシェは真っ裸。

先ほどの神の閃光(せんこう)を受けて、服が燃えつきてしまったからだ。

「あたしたちの映像、いまも生放送(ストリーム)で全世界に流されてるんですよ。レーシェさんの裸も全世界に流されて……」

「わたしは構わないけど」

「そこは恥じらって!? フェイさん、フェイさんはまだこっち見ちゃダメですからね!」

「あー、はいはい」

裸のレーシェに背を向けているのはフェイだ。

どのみち振り返らずとも、いまは頭上の光景から目が離せない。

バラバラに砕け散った紅玉色の「眼(め)」。

神の眼だった結晶体が、色鮮やかな千々の欠片(かけら)になって宙に浮かんでいる。

キラキラと光を反射しながら。

まるで何千何万という紅玉を空に浮かべたかのよう。真っ青な大空が、ここだけ夕焼けになったかのような色彩になっている。

と。

「っ、何だ？」

巨大な咆哮（ほうこう）が轟（とどろ）いた。

ついさっき悲鳴を上げたはずのウロボロスが、再び声を発したのだ。

「な、何ですか⁉　まだ何か起きるんですか！」

「まさか遊戯（ゲーム）の続き……」

「フェイさんそれ冗談でも言っちゃいけないやつです⁉　も、もう無理です。レーシェさんも服ボロボロだし、あたしも限界ですってば！」

祈るようにパールが叫び声。

天空鯨（リヴァイアサン）の上でフェイたちが見守るなか、幾千にも砕けた結晶がうかぶ空から、何かが突如として飛びだした。

着物を羽織った、銀髪の少女が。

パールよりも小柄で幼い。

見覚えこそないが、彼女の正体が何であるのかは直感的に理解できた。

閉じた片眼（め）。

もう片方の眼は紅玉で、そこには爛々（らんらん）と好奇の色が灯（とも）っている。

神の精神体（スピリチュアル）。

ヒトに興味をもった竜神レーシェが人間に受肉したように、ヒトに興味をもった神は、ごく稀（まれ）に、こうした幻影を投影することがある。

「……ウロボロスなのか？」

『――――』

銀髪の少女が空を歩いて近づいてくる。

フェイの眼前で、じーっとこちらを見上げてきて。

『あっれー。負けちゃった。我のゲーム簡単すぎたかな？』

何とも拍子抜けする可愛（かわい）い声で、銀髪の少女が首を傾（かし）げてみせた。むー、と口をちょっとだけ尖（とが）らせて不満そうな表情も、これまた愛嬌（あいきょう）にあふれて可愛らしい。

『やるねヒトちゃん』

「……ヒトちゃん」

『うん。今回は我の負けにしといてあげる。ま、三パターン用意してた攻略ルートを一つ突破されただけで「鎖」と「翼」ルートが残ってるけど。まあ今回だけは負けでいいかな。たまにはね』

何とも上から目線である。

ただ相変わらず、見た目と声のせいでまったく威厳はないのだが。
『次はもっと難しいゲームを考えておくから。また遊ぼう』
少女がにっこりと微笑んだ。
着物の懐に手を入れて――
『あ、そうそう。これあげる。我の眼の欠片』
言葉どおり、懐中から取りだしたものはウロボロス自身の瞳の欠片だ。
空中に浮いている結晶の一つであろうものを、フェイに差しだしてくる。それを見て、
パールが飛び跳ねた。
「あ――――っ！　ま、まさか『神の宝冠』!?」
神の撃破報酬。
神々の遊びに勝利して得られるのは「一勝」だけではない。
神さまを満足させる戦いをした使徒には、特別な「ご褒美」が授けられるのだ。
『神の慈愛』――ゲーム中、一人の脱落者も出さずに勝利すること。
『神の宝冠』――無敗の神に初めて勝利すること。
これは後者。

無敗を誇っていたウロボロスに勝利したことで、神の宝冠が「ご褒美」として授けられることになる。

「神さまからのご褒美は貴重なんて言葉じゃ言い表せません！　世界中の使徒たちがコレを求めて高難度の神さまに挑戦してるんですよ！」

パールがこくんと息を呑む。

しかもただの「ご褒美」ではない。

世界中の神秘法院が攻略を諦めていた、無限神ウロボロスの撃破報酬なのだ。

「ど、どれほど価値があることか……」

「へぇ。俺も貰うのはさすがに初めてだけど」

少女の手から紅玉色の欠片を受けとる。

精神体でありながら、少女の姿をした神の手はふしぎと柔らかく感じられた。

「で。ただの石じゃないんだろ？」

『ふふ。どんな凄い効果があるか知りたい顔だねヒトちゃん』

銀髪の少女がニヤリと口の端をつり上げた。

『もちろんある。もう最高に凄い効果があるよ』

「それは……」

『我の眼の欠片を持っている時に、必ず我を「引く」ことができるのさ。これでいつでも我と遊べるから。また来てね』

神の宝冠『ウロボロスの眼』――

神々の遊び場へダイヴする時に、これを持っていれば確実にウロボロスを「引く」ことができる。他の神とは一切遭遇しない。

そしてウロボロスは、次はさらに容赦なく難易度を上げると宣言している。

「……」

「……」

「……」

フェイ、パール、レーシェの三人は無言。

三人の表情がみるみる険悪になっていくのだが、その理由が、どうやら神さまには理解できなかったらしい。

『あ、あれ？　嬉しくない？　いつでも我と遊べるんだよ、次はもっと難しいゲームができるんだよ？　もうね、次はこの百倍難し――』

「誰がやるかぁぁぁぁっっ！」

「難易度を考えてください難易度を！」

「わたしも、さすがに服ぼろぼろにされるのは勘弁よ！」

ウロボロスの遊び場に、怒れる三人の怒鳴り声がこだました。

VS『無限の成長』ウロボロス。

禁断ワードゲーム。

攻略時間11時間17分29秒にて、『勝利』。

【勝利条件】ウロボロスに「痛い」と言わせること。

【敗北条件】参加者全員の脱落。

【隠しルール1】ウロボロスの尾を攻撃すると、反撃。

【隠しルール2】ルール1達成時、一定時間のみ天空鯨(リヴァイアサン)を使役できる。

勝利報酬(ドロップアイテム)『ウロボロスの眼(め)』。(入手難易度「神話級」)

4

後日談。

無限神ウロボロスの初攻略から七日後のこと。

神秘法院は、フェイたちの攻略法を定式化（マニュアル）することに成功。これをもとに意気揚々とウロボロスに挑戦した使徒たちは——

全員、絶望した。

「どーなってるの、ねえフェイ君!?」

「どうしたんです事務長？」

「このまえ君から『ウロボロスの眼』を借りたよね。それ使って神（ウロボロス）に挑戦したチームがいたんだよ。そしたら……」

「そしたら？」

「神（ウロボロス）が大きくなってたんだけど!? 全長十キロから百キロになってるし、天空鯨（リヴァイアサン）は中立モンスターじゃなくなって完全に神（ウロボロス）の配下になってるんだけど!?」

「……あー」

事務長ミランダの嘆く姿に、フェイはぽんと手を打った。

「やっぱり難易度あがっちゃったと。相当悔しかったんだな」

神さまにも意地がある。

神さまだって負ければ悔しいのだ。

「ま、いいんじゃないですか。負けたら悔しいし、だからこそ楽しいわけで」

「何がっ⁉」

「そういうもんですよ」

勝っても負けても、また遊ぼう。

それがゲームの醍醐味(だいごみ)なのだから。

階級・戦績

Class / results

フェイ

階位Ⅴ

通算５勝０敗（初期３勝、巨神タイタン、無限神ウロボロス）

レオレーシェ

階位Ⅱ

通算２勝０敗（巨神タイタン、無限神ウロボロス）

パール・ダイアモンド

階位Ⅱ

通算２勝１敗（初期１勝、無限神ウロボロス）

ミランダ事務長による階位 tips

なに、使徒の階位はどうやって計測しているか？

もちろん神秘法院が計算・管理しているよ。「神々の遊び」の行方を必ず見守っているし、何なら何万人という観客もその証人になっているからね。

ま。手っ取り早いのは、使徒本人の「手」を見ることかな。

「神々の遊び」に挑むたびに、神さまは、使徒の掌に勝敗数を刻んでいくのさ。

たとえば……

パール君なら右手に「Ⅱ」で、左手に「Ⅰ」という小さな痣ができているはず。

つまり２勝１敗。使徒は、自分の成績を過大申告できない仕組みになっているのさ。

ちなみに、フェイ君なら右手が「Ⅴ」で、左手は何もなし。

なぜかって？　フェイ君はまだ無敗だからね。敗北数を刻もうにも刻めないってわけ。

……ま、詳しい話は追々ね。

Chapter

Player.5 Here Come new Challengers!

1

世界三大「不可能」——

その一柱である無限神ウロボロスの撃破は、生放送(ストリーム)を通じて、広大な世界大陸のほぼ全域に広まった。

ここ、フェイたちの秘蹟(ひせき)都市ルインから遠く離れた地——

聖泉都市マル＝ラもその一つ。

立ち並ぶビルの壁面に取り付けられたモニターを見つめる何千人という観客が、史上初の偉業を目(ま)の当たりにして割れんばかりの大喝采。

そんな中で。

「————」

神秘法院マル＝ラ支部。

そこに佇(たたず)む黒コートの青年が、フェイたちの映る画面を無言で見上げていた。

神(ウロボロス)の撃破。

その十時間以上もの激闘を、一晩、休息無しで見守り続けて。

「……見事なゲームプレイだ。フェイとやら」

凛々しき青年が不敵に微笑んだ。

そして。

「面白い！」

吼えた。

ダークス・ギア・シミター。

聖泉都市マル＝ラの筆頭使徒にして、一昨年の最高新人とも名高い男が。

「フェイよ、どうやら俺たちは相まみえる運命のようだな。一昨年の俺と、去年のお前。どちらが近年最高の新人か！……ケルリッチ！」

「何ですかダークス」

「決戦の日は近い。お前も腕を磨いておけ」

「はい」

涼やかに応じたのは、ダークスの隣に控えた褐色の肌の少女だ。

物静かで秘書のような佇まいの女使徒が、モニターを見上げて首を傾げる。

「このフェイとやらが気に入ったのですか？」

「ああ、最高にな」

満足げに頷（うなず）くダークス。

「ようやくだ。この俺とまともに遊戯（ゲーム）で戦える男が現れた」

「……ふぅん」

「どうしたケルリッチ」

「前もそんなこと言って、いざ戦ったら『期待外れだ』って溜息（ためいき）ついてたのに」

ケルリッチと呼ばれた少女が、呆（あき）れたようなまなざしで。

「ダークス。あまり期待しすぎない方が良いのでは？」

「格が違う。この男は本物だ」

「……生放送（ストリーム）を見ただけで？」

「わかるとも」

「……他都市の使徒ですよ。ダークスとの勝負を受けてくれるとも限らないですよ」

「野暮（やぼ）だなケルリッチ、それは野暮というものだ」

「？」

「遊戯（ゲーム）を愛する者が、遊戯（ゲーム）を挑まれて逃げるわけがないだろう？」

コートをひるがえす。

マル＝ラ支部のビルをまっすぐ歩き出して、ダークスは拳を握りしめた。

「待っているぞフェイ、俺たちの決闘の時を！」

フェイを擁する秘蹟都市ルイン。

ダークスを擁する聖泉都市マル＝ラ。

その両都市から、はるかに離れた世界大陸の南部――


神話都市ヘケト＝シェラザード。

地上数キロ上を浮遊する巨大都市。

その中枢。神秘法院「本部」の大ホールに、一人の少女がいた。

「――――」

見上げる先はモニター。

無限神ウロボロスが、人類史上初、敗れ去った瞬間を見届けて。

「……変な人間」

少女が首を傾げた。

「……あの竜神レオレーシェがいたからこその勝利と思ったけど……」

静寂。

その呟き（つぶや）に誰からも答えは返ってこない。それもそのはず。この大ホールには最初から少女一人しかいないからだ。

「フェイ・テオ・フィルス。これで『神々の遊び』五勝〇敗……」

頭脳戦で神に五連勝。

もはや圧倒的だ。運が良かったなどで済まされる結果ではない。

「フェイ……この人間は……いったい何者なの？」

特殊な経歴はない。

神秘法院ルイン支部から送られてきた資料にも、たとえば幼少期から特殊なゲーム訓練を受けたような記録はない。

ただ、一つだけ「特記事項」に記載されているものがある。

——幼少期。

——「お姉ちゃん」と呼んでいた少女に遊戯（ゲーム）を鍛えられた。

フェイ自身の自己申告だ。

それが自分の強さを支える全てだと。

「……お姉ちゃん？　それはいったい誰？」

二度目の沈黙。

そして。

「……すべて無為」

少女は小さくかぶりを振った。

「『神々の遊び』の完全攻略(クリア)なんて、私たち以外に許されない」

聖ヘレネイア。

世界最強チーム『すべての魂の集いし聖座(マインド・オーヴァー・マター)』を束ねる少女はそう呟(つぶや)き、そして大ホールの中央で、光に溶けるように消失した。

Chapter

Tutorial チュートリアルはここまでだ

God's Game We Play

神秘法院ビル。

午後の日射(ひざ)しがそそぐ五階のカフェで。

「――この通りだ」

「も、もういいですってば隊長！……半年前の失敗で謝るのはあたしの方ですし」

パール・ダイアモンドは、テーブル向こうの男に慌てて手を振った。

目上の男。それも元所属チーム『華炎光(インフェルノ)』の隊長オーヴァンに頭を下げられるなんて、数日前までは考えられなかったことだ。

「お昼ご飯もご馳走(ちそう)して頂きましたし……あたしとしてはもう十分過ぎです……」

「う、うむ」

バツの悪そうな表情で隊長が顔を上げた。

「この日まで部下とずっと話をした。チームの皆もお前に謝りたいと言っていた」

「だから十分ですってば!?」

「お前がそういうと思ったから、今日は私一人で話にきた」

コップの水を勢いよく飲み干す隊長。

ちなみにこれで四杯目である。

「……都合のいいことはわかっているが、これだけは伝えておきたい。お前のあの失敗(ミス)でチームが敗北したこと、私は仕方ないことだったと思っている」

「……そうなんですか？」

「あの翌日にそう伝えようとしても、お前、女子寮にこもって出てこなかったじゃないか。電話にも出ないし」

「ごめんなさいっっ⁉」

今度はパールが謝る番だった。

「だ、だってあたし……もう合わせる顔がなくて、てっきり隊長にも八つ裂きにされるくらい恨まれてるんじゃないかって……」

「お前のその思いこみ癖はどうにかならんのか」

隊長が小さく苦笑い。

「そして一応伝えておく。私は、お前が去っていった後の席をまだ空けている」

「………」

「お前にその気があるのなら、いつでも復帰は――」

「ありがとうございます隊長」

穏やかに遮って。

パールは、元上司に深々と頭を下げた。

「隊長にだから誤魔化さずに伝えますね。あたしもう、一緒にやってみたい人たちを見つけちゃったんです」

「そうだな」

元上司がふっと微苦笑。

わかっていた——そう断られることもわかっていたし、パールが入りたいというチームも最初から見当が付いていた。

「よければ……いずれ私たちのチームと合同練習はどうだろう。練習試合でも構わない。我々に協力できることがあればいつでも言って来い」

「ありがとうございます」

立ち上がり、再び一礼。

隊長オーヴァンの微笑に見送られて、パールはカフェを後にした。

神秘法院ビル。

広大な敷地に、燦々と照りつける陽がそそぎこむ。

この都市ルインは、北の大寒波地域からも近い。その冷気と太陽の熱波がいりまじる、冷たくも暖かい陽気——

　そんな中庭で。

「レーシェ」

「んー？」

芝生に寝転んで雲を眺めていた少女に、フェイは歩きながら声をかけた。

「ミランダ事務長が許可くれた。とりあえず俺たちとパールの三人でいいってさ。本当はあと数人はチームに欲しいけどって」

「よしよし。ミランダも話がわかるじゃない」

レーシェが上半身を起こした。

芝生の上に直接寝転んでいたせいで、燃え上がるような炎燈色（ヴァーミリオン）の髪が草だらけだ。あいにく本人はそんなことにも無頓着なのだが。

「さあ！　そうと決まったら神々の遊びに挑みましょう！」

「だめ」

「なんでっ!?」

「巨神像の口が開いてない。二日前に一つ開いたけどすぐ定員一杯になったんだってさ。ミランダ事務長いわく、他のチームもやる気なんだって」

最高の刺激剤だったのだ。

神々の遊びに挑む世界中の使徒たちが、無限神ウロボロスを撃破するフェイたちを見て奮い立ったと聞かされた。

「じゃあどうするの！」

「予約入れて待つしかないだろ。どうせチーム名も申請しろって言われてるし」

「……むぅ」

レーシェが膝を抱えて座りこむ。

不満たっぷりな子供のような仕草、とフェイが思ったそばから、すぐにパッと表情を明るくしてみせた。

「まあいいわ。今なら待つのも楽しいし。ねえフェイ、巨神像が開くまでは毎日わたしの部屋で遊びましょう。パールもね」

「毎朝九時に集合とか？」

「もちろん泊まりこみよ。一日二時間だけ仮眠を許すわ。カフェイン錠剤と栄養ドリンク各種はわたしが用意しておくから」

「怖っ!?」

「……わたしね、これから先がすごく楽しみ」

無邪気な笑顔を湛えて。

元神さまの少女は、燦々と輝く陽を見上げてそう言った。

「わたしは前にこう言ったわ。『この時代で一番遊戯の上手いヒトを連れてきて』って。どんな人間が来るんだろうって待ち続けて、それで呼ばれたのがキミだった」

「…………」

「期待以上に、期待どおりだった」

空を見上げながら。

炎燈色の髪の少女が、横目だけをちらりとこちらに向けてくる。

「それと、もう一人――」

「ん？」

「キミが探してるっていう女の子。キミがそこまで言うくらいだし。さぞかし遊戯が好きで好きでたまらない人間なんだろうね。わたしも会ってみたい」

「見つけた時には紹介するよ。間違いなく気は合うと思うし」

ただ、なぜだろう。

自分のなかで、その未来がふしぎと思い描けないのだ。

炎燈色の髪の「お姉ちゃん」とレオレーシェ。二人が出会う光景を考えようとしても、おぼろげに霞んでしまう。

別人だ。

別人以外ありえないはずなのに。

「…………」

「フェイ?」

「あ、いや何でもないよ。ちょっと考えごと」

レーシェに覗(のぞ)きこまれて慌てて手をふってみせる。

「……まあいいんだ。どのみち、そっちはすべてが終わった後だし」

「?」

「俺たち、始まったばかりだろ?」

芝生に寝転ぶレーシェに、フェイは手を差しだした。

「まずは楽しまなきゃ勿体(もったい)ないさ。至高の神さまとの究極の知略戦(ゲーム)を」

「――――」

「次はどんな神さまがどんなゲームを用意してくるのか。楽しみだろ?」

「もちろんっ」

鮮やかな炎燈色(ヴァーミリオン)の髪をなびかせて。

フェイの手を握り返したレーシェが、さっとその場に立ち上がった。こちらに振り向き、そして両手を胸いっぱいに広げてみせた。

「さあフェイ、また思いっきり遊びましょう!」

あとがき

――この時代で一番「遊戯（ゲーム）」の上手（うま）い人間を連れてきて？

そんな元神さまの一言から、きっとこの物語は始まりました。

初めまして、細音啓（さざねけい）と申します。

本作『神は遊戯（ゲーム）に飢えている。』いかがだったでしょうか。

全知全能な神々がどこまでも本気で、そして最高に愉快な頭脳戦を仕掛けてくる。自分にとって頭脳戦は初挑戦のジャンルになりますが、本当にワクワクしながら本作を描くことができました。

人間も神さまも負けず嫌い全開で、一緒に一つのゲームで勝負する。そんな世界をこれからも楽しく描けたらいいなと思っています。

今回、この物語のリリースにあたり、多くの方々にご協力を頂きました。

ゲーム競技の第一線で活躍されるプロゲーマーの皆様（細音が大ファンの方々です）。

ライトノベル業界の著名な作家、編集者、イラストレーター、漫画家の皆様。

ライトノベルに精通された書店員様、ブロガーの皆様。

ＹｏｕＴｕｂｅをはじめＷｅｂ動画でご活躍の皆様。

この物語をずっと一緒に作ってくださった担当Ｋさん、ご多忙ななかイラストを担当してくださった智瀬（ともせ）といろ先生。

智瀬先生にはキャラデザから始まりカバーや口絵、モノクロにいたるまで、最高を超えた文字どおり「神級」なイラストで本作を彩って頂きました。

この場を借りて、心からお礼申し上げます！

そして誰よりも——

この本を手に取って下さったあなたへ、本当に本当に、ありがとうございます！


さてさて。

第１巻のエピローグが表すように、フェイとレーシェ（もちろんパールも！）の遊戯（ゲーム）はいま始まったばかりです。

第２巻は、おそらく春頃かなと。

圧倒的「神の軍勢」に挑むフェイの頭脳戦にこうご期待です！

それでは、２巻でまたお会いできますように！

冬の夕暮れ時に

細音（さざね） 啓（けい）

N E X T

| NEXT |

God's Game We Play

フェイを慕うヒロインと
ライバル心を燃やす男が登場——？

次なる神との頭脳戦はさらに激化する⁉

God's Game We Play

神は遊戯に飢えている。

第2巻　2021年春発売！

N E X T

Character キャラクター紹介 | 1

NAME フェイ・テオ・フィルス

PROFILE

現17歳。
昨年に使徒として認定され、瞬く間に「神々の遊び」で3勝を積み上げげた、近年最高ルーキーとして名高い少年。

神呪(アライズ)『神の寵愛を授かりし』

歴史上フェイ一人がもつ神呪。どんな神が、どんな意図をもって授けたかはフェイ自身もわからない。

SPEC

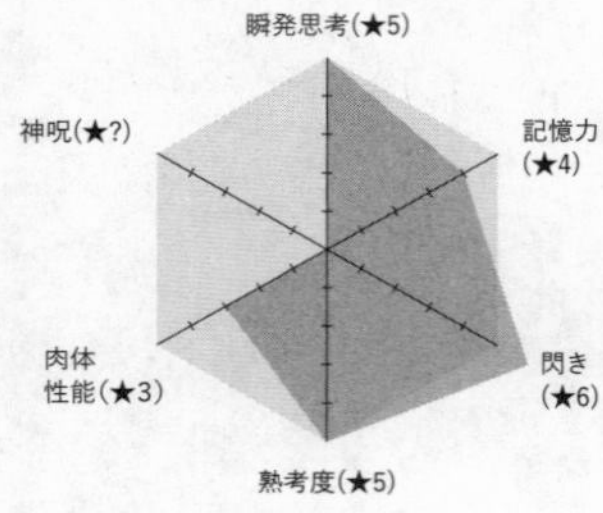

肉体性能★3

フェイ自身はいたって平均的な10代少年の身体能力。(★2)
そこに超人型の肉体性能向上が加わるが、フェイの神呪はその恩恵が薄いので★3止まり。
一般的な超人型の使徒なら★4が平均値。

閃き★6

本人さえ無自覚な、フェイのフェイたる真髄。
ゲームマスターである神が定めたゲームに、神さえ想定しない攻略法を導きだす閃きが、フェイの強さの根源。天性のものではなく、幼少期のフェイが、「赤い髪のお姉ちゃん」との遊びで身につけたもの。

NAME 竜神レオレーシェ（フルネームはもっと長いらしい…？）

PROFILE

現??歳。
永久氷雪地帯から発掘された「元神さま」。神に戻るため、フェイと一緒に「神々の遊び」に挑戦する。

神呪（アライズ） なし

元神さまゆえ、神呪よりも強大な力を無制限に行使できる。

SPEC

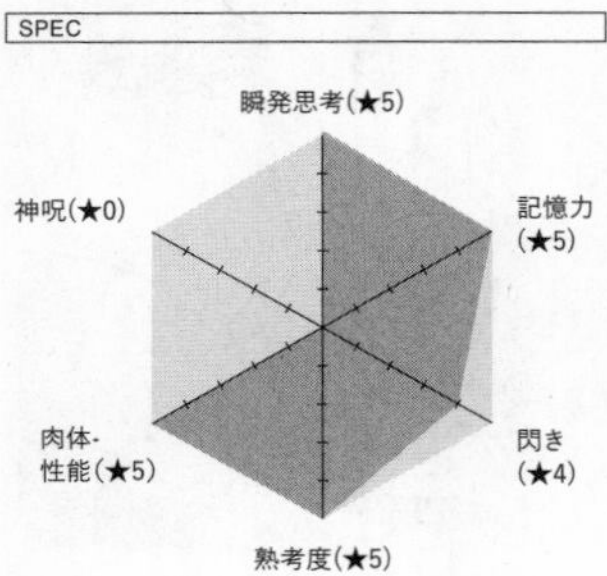

肉体性能★5

不眠不休、食事、水の摂取の一切を必要としない「神の肉体」。
魔法型の使徒の放った魔法や、超人型の使徒がどれだけ殴りかかろうと傷一つつかない、まさに無敵の肉体……と思いきや。
レーシェ本人が、なぜかパール（のごく一部）を横目に見つつ、「……もっとすごい肉体がいる」と悔しそうに呟いているのをしばしば発見されるという噂も？

神呪★0

竜神レオレーシェとしての固有の能力は、人間になった時に失われた。（レーシェ談）

Character キャラクター紹介 3

NAME パール・ダイアモンド

PROFILE

現16歳。

昨年、フェイと同期で使徒に採用された。採用当時は優秀なテレポーターとして期待され、当時無名のフェイよりも脚光を浴びていた。


神呪(アライズ)『気まぐれな旅人』(パール命名)

フェイの評価では「超優秀」な能力。

SPEC

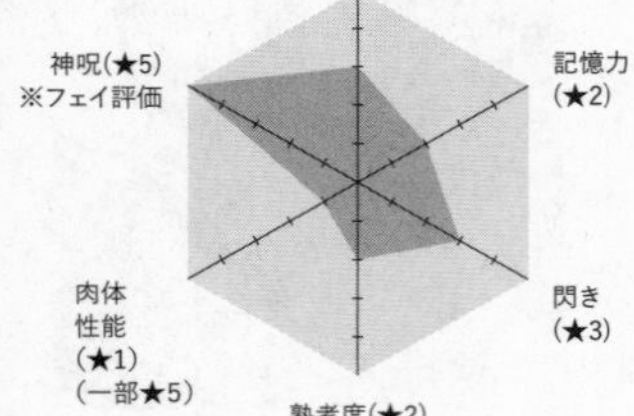

神呪★5

転移能力者としてパールが有する能力は二つ。(「両方持ってるのは珍しいよなぁ」フェイ談)

①「瞬間転移」
パール本人から半径30メートルまでの任意地点にワープポータルを2つ設置し、その2箇所を自在に行き来できる。

②「位相交換(シフトチェンジ)」。
対象2つの人ー人・物ー物の現在地を入れ替える。

ただしその能力発動の30分以内に、対象が①のワープポータルを通過しているか、パール本人が触れている物(者)でなければならない。

Team | 1
チーム分析

NAME チーム名称「未設定」

PROFILE

フェイとレーシェが結成。

そこにパールが加わった新進気鋭のゲーミングチーム。

フェイとレーシェが共同申請したチームで、リーダーはフェイになる予定(レーシェが逃げたから)。

チーム名称はまだ決まっていないが、無限神ウロボロスの撃破によって既に世界中から注目される存在へ。

SPEC

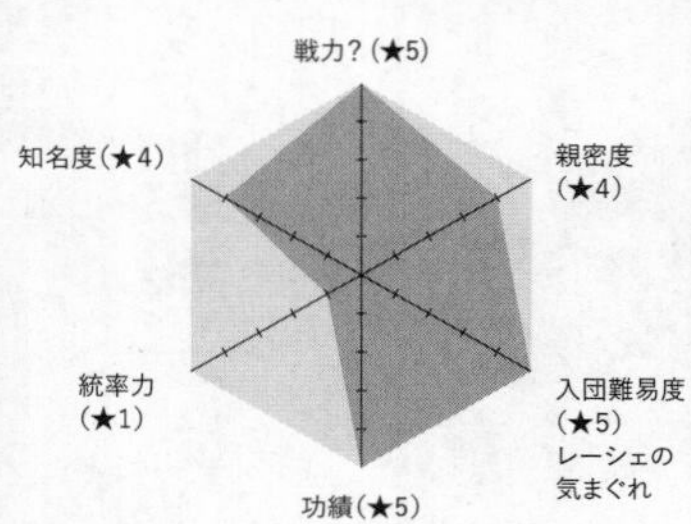

え？　フェイ君たちのチームについて語れ？

いやいや待ちなよ。事務長たる私は、ここ神秘法院ルイン支部のすべてのチームと使徒を応援する立場だからね。特定のチームに肩入れはできないし、何か喋ったとしても、それは個人的な意見であって神秘法院オフィシャルの見解じゃないことだけは言っておくよ。

……と。

一応の弁解はしておいたけど、まあ楽しみだよね。

フェイ君とレオレーシェ様が揃ったチームが、神々相手にどんなプレイを見せてくれるのか。神秘法院の本部も注目してるんじゃないかな？

ああ、あと一昨年の最高ルーキーって言われてる「彼」もね。　(ミランダ事務長インタビュー)

キミと僕の最後の戦場、
あるいは世界が始まる聖戦
Our Last Crusade or the Rise of a New World
著 細音啓
イラスト 猫鍋蒼

MF文庫J

神は遊戯(ゲーム)に飢えている。1
神々に挑む少年の究極頭脳戦

2021 年 1 月 25 日　初版発行

著者　細音 啓

発行者　青柳昌行

発行　株式会社 KADOKAWA
〒 102-8177 東京都千代田区富士見 2-13-3
0570-002-301（ナビダイヤル）

印刷　株式会社廣済堂

製本　株式会社廣済堂

Printed in Japan　ISBN 978-4-04-680165-4 C0193

●お問い合わせ（メディアファクトリー ブランド）
https://www.kadokawa.co.jp/（「お問い合わせ」へお進みください）
※内容によっては、お答えできない場合があります。
※サポートは日本国内のみとさせていただきます。
※Japanese text only

◇◇◇

【 ファンレター、作品のご感想をお待ちしています 】
〒102-0071 東京都千代田区富士見2-13-12
株式会社KADOKAWA　MF文庫J編集部気付「細音啓先生」係　「智瀬といろ先生」係